西村京太郎

十津川警部 北陸新幹線殺人事件

新装版

実業之日本社

実業之日本社文庫

十津川警部 北陸新幹線殺人事件 新装版／目 次

十津川警部
北陸新幹線殺人事件 新装版

第一章　三月十四日

1

伊東雅人《いとうまさと》は、鉄道マニアである。

正確にいえば、鉄道マニアから、鉄道雑誌の記者になった。したがって、名刺には、「鉄道時代」編集部と刷っているが、気持ちからいうと、まだ鉄道マニアだと思っている。

だから、北陸新幹線の開業初日に、東京駅発の、一番列車に乗れなどという仕事になると、すっかり、鉄道マニアに戻ってしまうのである。

小さな出版社なので、切符も、自分で手配しなければならないことが多いが、伊東には、別に苦にならない。それも含めて、伊東は、楽しいのである。

鉄道の切符は、一ヶ月前から、売り出される。新しい列車の場合は、一番列車が、狙いである。北陸新幹線がそのいい例である。一ヶ月前の二月十四日に並ぶのでは、危いので、伊東は、さらに、その一日前から並ぶ。もっとも、伊東は、新しい列車の時だけではなく、ある列車が廃止される時も、ラストランの列車に乗るために、その一ヶ月プラス一日、つまり徹夜で並ぶ。それだけ鉄道時代社が小さくて、あまり仕事がないということでもある。

出版社が、東京八重洲《やえす》口にあるので、東京駅の窓口に並ぶことが多い。鉄道ブームで、東京駅の窓口となると、顔なじみが、できるのだが、伊東の方から話しかけたことはない。マニアというのは、気むずかしい人間が多いからだ。

もう一つ、鉄道時代社の仕事をするようになってから、どうしても、一番列車に乗れという指示が多い。しかし、マニアの中には、彼女と一緒に、新しい列車に乗りたいという者もいるだろうから、そんな鉄道マニアとは、多分、話が合わないだろう。

その日、三月十四日の切符を手に入れるために、伊東は、いつものように、一ヶ月プラス一日前の二月十三日に東京駅の窓口に並んだ。

三月十四日開業の北陸新幹線の切符、東京発金沢《かなざわ》行きの一番列車の切符のためである。

一日前、二十四時前に窓口に来た。幸い彼の他に、人間はいなかった。

時間が経《た》つにつれて、一人、二人と、伊東のうしろに並ぶ人間が、増えていく。顔なじみがいて、おしゃべりをしながら、朝を迎えるマニアもいるが、伊東はいつものように、文庫本を読みながらである。徹夜で、朝を迎える頃には、列が延びている。

朝の十時から、発売が始まる。金沢行きの一番列車のグリーン。その１Ｂの切符を買った。グリーンにしたのは、そうしておけば、グリーンと普通の両方の取材がしやすいからで、通路側の１Ｂにしたのは、動きやすいからである。

これで今日の仕事は、だいたい終わりである。

東京駅構内のカフェで、コーヒーを飲んでいると、少し遅れて、中年の男が、店に、入ってきた。時々、行列で一緒になる男だった。同じ鉄道マニアらしいと思ってはいたが、この日まで声をかけたことも、かけられたこともなかった。

それが、まっすぐ伊東のテーブルに向かって進んで来て前に腰を下ろした。

「時々、ご一緒になります」

と、妙に、かたい表情で、声をかけてきた。

伊東も、「ええ」と、応えてから、いった。

「あなたも、北陸新幹線の切符を、お買いになっていらっしゃいましたね。声をおかけしようと思ったんですが」

「それで、お願いがあります」

と、相手が、いう。

そのあと、コーヒーを注文し、それを飲んでいて、なかなか、お願いというのを、口に出さない。

「私は、伊東といいます。仕方がないので、八重洲口にある雑誌社で、働いています」

と、自己紹介をした。が相手は、いきなり、

「三月十四日は一番列車のグリーンの1Bの切符をお買いになりましたね？」

これも、切口上だった。

「ええ。それが――？」

「その切符、私にゆずって下さい。どうしても欲しいんです。いくら払っても構いません。お願いします」

「あなたも三月十四日の一番列車の切符を、買われたんでしょう？」

「ええ。もちろん。ただ、グリーン車の1Bの切符がどうしても欲しかったんで

す。ところが、それが、私の番まできた時は、売れてしまっていて。窓口の人に聞いたら、先頭の人が買ったというので」

「あなたは、どの席を買ったんですか？」

「一応、グランクラスの切符を買いました」

と、相手は、その切符を取り出して、伊東の前に置いた。

一列車に十八席しかない、食事つきの座席である。一万九千六百三十円の特別料金がつく。

「できれば、これと、取りかえて頂けませんか？」

と、男が、いう。

伊東は、取材で、何回か、グランクラスに乗っている。距離が長い場合は、食事がつき、十八席に、アテンダントが、一人つく。ただ、先頭車両（逆に走るときは、最後尾）なので、列車の取材には不便である。

伊東が迷っていると、相手は、いきなり、背広の内ポケットから、封筒を取り出した。

「ここに、五万円入っています。これで、あなたの切符を、私にゆずって下さい」

と、いい始めた。

「理由をいってくれませんか？」

「それは申しあげられません。お願いします」

と、男は、封筒を前において、やたらに、頭を下げる。

「わかりました」

と、伊東は男にいった。

「切符、取り替えましょう」

「ではこのお礼を――」

「それは、頂けない。そんなことをしたら、ダフ屋と同じになって罰せられてしまいますよ」

伊東は、自分の買ったグリーン車1Bの切符と男のグランクラスの切符を、取り替えて、すぐ席を立った。男がやたらに、頭を下げてきそうで、照れくさかったのである。

伊東は、八重洲口にある鉄道時代社に行き、編集長に、三月十四日の一番列車の切符が手に入ったことを報告した。

「今回は、少しぜいたくをしたかったので、グランクラスにしました」

と、その切符を、見せると、編集長は、笑いながら、

「グランクラスの取材費は、出ないぞ」

「わかってます。よかったら、お弁当、持って来ましょうか？」

と、いったが、伊東は、あの妙な男のことは、口には、出さなかった。

2

三月十四日。北陸新幹線開業の日である。

開業といっても、長野《ながの》までは、新幹線が、すでに走っていて、北陸新幹線用の車両を取材したこともあった。

その長野新幹線が、長野から金沢まで、延びただけである。

しかし、それでも、東京駅の23番線ホームは、人であふれていた。

いつものとおりである。六時一六分発金沢行きの始発の「かがやき」の乗客だけではなく、カメラを持った鉄道ファンというのか、鉄道マニアがいるし、新聞、テレビも来ている。

伊東は、ホームの混雑ぶりを、カメラにおさめてから、先頭車両の方に、歩い

て行った。

先頭の十二号車が、グランクラスである。グランクラス専用の入口から、車内に入る。

まだ発車まで、十分近くあるのに、すべての席が、埋まっているようだった。

その乗客たちが、一様に、窓の外のホームの喧騒《けんそう》を、カメラにおさめている。

自分もお祭りに参加する気分なのだ。

伊東は、隣りの十一号グリーン車に行ってみることにした。廊下を歩き、ドアを開《あ》けて、グリーン車に入る。こちらも、ほとんどの乗客が、すでに乗っていた。

伊東が、気になっているのは、自分が、最初に買った1Bの座席である。

車両の一番うしろが1番になっている。通路を歩いて行く。

（いないな）

と、思った。

1Bの座席に乗客の姿がないのだ。

伊東は、あの男は、彼女とグリーン車に乗るつもりだったと、考えた。彼らは1A、1Bの座席にすることにした。何か理由があって、彼女は、1Aの座席を手に入れることになっているので、男の方は、1Bを買うつもりだったが、その座席を、伊東が買ってしまったので、あわてた。

伊東は、そんな風にロマンチックに考えていたのだが、発車間近なのに、1Bの座席に、あの男の姿はない。

それに、1Aの座席には、すでに、乗客が腰を下ろしていたが、女性ではなくて、中年の男だった。

伊東の想像は、見事に外れてしまったのだが、こうなると、急に、あの男のことに興味を失って、取材に、身を入れることにした。

列車が、動き出した。

伊東は、最後尾の一号車まで歩いて行き、そこから、各車両の乗客の様子を、カメラにおさめていった。

全席指定である。

十一号グリーン車まで戻ったが、まだ1Bの座席に、乗客の姿はなかった。

この金沢行きの「かがやき」は上野《うえの》、大宮《おおみや》、長野、富山《とやま》、金沢と、停車するから、その途中から、乗ってくるのだろうと、考え、グランクラスに、戻った。

上野、大宮と、停車する度に、ホームに集まった人々にカメラを向けられ、車内の乗客もカメラのシャッターを切る。

金沢着八時四六分。

ここでも、東京発の一番列車の到着で、大さわぎである。

伊東も、ホームに降りてその賑《にぎ》やかさを、カメラにおさめていった。

このあとの仕事は、金沢駅と、金沢市が、北陸新幹線の開業で、どのくらいの経済効果があるかを調べ、今日、金沢に一泊して、明日、帰ればいいのである。

来月号に、北陸新幹線の一番列車の乗車記事を書くのが、今回の仕事である。

ホテルで、今日、カメラにおさめた写真を見直していると、ケータイが鳴った。

編集長からだった。

「大変だったな」

と、いきなり、いう。珍しいと思い、

「こういう仕事は、慣れていて、楽しいですから」

「慣れてるわけはないだろう」

「確かに、編集の仕事は、まだ新米ですが、鉄道に乗る方は、鉄道マニアでしたから」

「ニュースを見てないのか？」

「何かあったんですか？」

「君の乗った金沢行きの一番列車の中で、殺人事件があったんだよ」

「本当ですか？」

「テレビのニュースを見てみろ！」

最後に怒鳴られてしまった。

伊東は、あわてて、部屋のテレビをつけた。そういえば、金沢駅の構内を見て歩いていた時、警官が、走っていくのを見たし、救急車が、着いたのも見たが、今日の賑わいで、気分を悪くした人が、何人か、出たぐらいにしか、思っていなかったのである。

ニュースが、始まった。

「今日三月十四日は、北陸新幹線開業の日ですが、そのめでたい日に、それも、新幹線の車内で、殺人事件が、起きました。東京発の金沢行きの一番列車が、到着すると、金沢駅で、盛大な歓迎を受けました。ところが、乗客が、ほとんど降りたあと、車掌が、グリーン車内で、亡くなっている乗客を見つけたのです。被害者は、胸を二ヶ所刺されており、金沢警察署は、殺人事件と見て、捜査を開始しています」

これが、午後九時のニュースだった。被害者の身元を、アナウンサーが、いわないのは、まだ、そこまで、わかっていないからだろう。

「ふーん」

と、伊東は、鼻を鳴らした。

それから、

「まさか――」

と、呟《つぶや》いた。

グリーン車内で、殺人があったと、アナウンサーが、いったからである。

（まさか、おれとは、関係ないだろうな）

と、思ったのだ。

（自分の買ったグリーン車の切符と、あの男が買ったグランクラスの切符を交換したが、まさかそのことと、殺人事件は、関係ないだろうな）

続けて、そう思ったのだ。

翌日、伊東は、金沢警察署に寄ってみようかとも考えたが、面倒に巻き込まれるのが、嫌で、そのまま、東京行きの「かがやき」に、乗った。

昨日は、金沢発東京行きの列車は、満員だったらしいが、今日は、日曜日なのに八十パーセントぐらいの乗車率だった。

座席に腰を下ろすと、伊東は、新聞を広げた。

北陸新幹線「かがやき」の大きな写真と、金沢駅と、東京駅の様子が大きく載《の》っている。

同じページに殺人事件のことが小さく載っていた。

被害者は、東京駅から乗ってきたこと、しかしどのあたりを走っている時、殺されたのか、今のところわからないとあり、身元は、いぜんとして、不明とあった。

多分、身元を証明するものが、見つからないのだろう。

東京に着くと、とにかく、編集長に、半分ほど金沢のホテルで書いた原稿を渡した。

「殺人事件のことは、書いていません。気がつきませんでしたから」

「そうか。君は、グリーン車じゃなくて、グランクラスに、乗っていたんだったな」

「そうです」

「惜《お》しいことをしたな。グリーン車に乗っていたら、殺人を目撃したかも知れなかったんだ。『わが社の記者が、北陸新幹線の一番列車で、殺人を目撃』という見出しで、雑誌が、売れるのにだ」

「売れますか？」

「売れるさ。読者は、みんな平和より、戦争が好きなんだ。団欒《だんらん》より、殺人の方が、楽しいんだよ」

「実は――」

と、いいかけて、止《や》めてしまった。

すぐ、警察に行って、全部話して来いとでも、いわれたら、面倒くさいと思ったのだ。警察は苦手である。

翌、十六日。月曜日だが、原稿を書いてしまえば、休みである。昼頃に起きて、顔を洗い、インスタントコーヒーを飲み、カップラーメンで、朝食をすませると、彼女にケータイをかけた。

「夕食をおごるから、つき合ってくれ」

と、誘う。何となく、話し相手が、欲しくなっていたのだ。

五時頃になって、外出の支度をしていると、インターホンが、鳴った。

背広のボタンをかけながら、玄関のドアを開けたとたん、眼の前が、パッと光った。

「何をするんだ！」

と、怒鳴った。

ライトが消えると、十二、三歳の少年が、ビデオカメラを持って立っていた。

「すいません」

と、少年が、ペコリと頭を下げた。

「何してるんだ？」

「ボクは、この先にあるK中学の生徒ですけど、映画を撮《と》るという宿題が出たんです。それで、ボクは、マンションの人たちってタイトルで、一人ずつ撮って、あなたが、五人目です」

という。

「いきなりライトを当てたら、びっくりするじゃないか」

「でも、びっくりした顔が、面白いんです」

と、あっけらかんとした顔でいう。

その日、日高《ひだか》けいに会って、夕食の途中で、そのことを話すと、けいは、首をかしげて、

「中学で、そんな授業やるかしら？」

「今の中学らしい宿題だなと思ったんだけどね」

「インターホンを押して、ドアを開けたとたんに、ライトを当ててるんでしょう?」

「そうだ。びっくりした顔が、面白いといっていた。ボクが、五人目だといっていた」

「それって何かおかしいわ。そんなことをしていたら、当然、やられた方が、学校に文句をいいに行くはずだわ。今、父兄がうるさいから」

「それなら、あの中学生は、何のつもりだったんだろう?」

「あなたの写真を撮って来てくれって、頼まれたんじゃないのかしら? お金貰《もら》って」

「しかし、ボクの写真を撮ったって、仕方がないだろう」

「でも、あなたって、よく見れば、イケメンだから、どっかの彼女が——」

「バカなこというなよ」

と、伊東は、笑ったが、翌日、けいの方から電話が、かかった。

「中学に電話してみたわ」

と、いう。

「あの少年の中学か?」

「そうよ。聞いてみたら、やっぱりだった。そんな授業もしてないし、そんな宿題を出したことないですって」

「じゃあ、どうして、あの中学生は？」

「思い当たることは、何もないの？」

「何もないなあ」

「今夜、会いましょう。昨日、おごってくれたから、今夜は、私が、おごる」

と、けいは、いった。

今夜、けいが、伊東を連れて行ったのは、小さな飲み屋だった。

店の主人が、ひとりいるだけだった。

「この人は、昔、警察にいて、犯罪心理の専門家」

と、けいは、伊東に紹介した。名前は古賀悟《こがさとる》。

そのあと、けいは、古賀に、ビデオカメラのことを話した。

「どんなことを考えられます？」

と、けいは、古賀に、聞いた。

古賀は、じっと、伊東を見つめて、

「あなたは、子供が、安心して近づく男じゃない。逆に、怖がられる方だ」

「いわれることがあります」

「だから、その子供が、あなたに近づこうとして、写真を撮ったとは思えない。考えられるのは、大人に頼まれて、あなたの写真を撮ったことになる。金を貰ってね」

「―――」

「問題は、何のために、誰が、そんなことを、子供に頼んだかということになる」

「ええ」

「前に、いきなり、写真を撮られたことは?」

「一度もありません」

「そうなると、最近ですね。最近、何かあって、そのために、関係者が、あなたの写真を必要になったんだ。何か、あったんじゃありませんか?」

「北陸新幹線のことが、あったじゃないの?」

と、けいが、いった。

「詳しく話をしてくれませんか」

「この人、鉄道雑誌の記者をやってるんです。北陸新幹線の開業の時、東京発の一番列車に乗って、取材しています」

「確か、その列車の中で、乗客がひとり、殺されましたね」

「そうです」

「多分、その殺人事件にからんで、何者かが、子供を使ってあなたの写真を撮ったんですよ」

　と、古賀が断定する。

「しかし、僕は、同じ、一番列車に乗っていましたが、殺人を目撃したわけじゃないし、第一、殺人のあったことを知らずに、夜になってから、やっと気がついたくらいなんです」

「それは関係ない」

　と、古賀は、あっさり断定した。

「どうしてですか？」

「あなたが、犯人を見ていなくても、犯人の方が、見られたと思えば、危険なんです」

「しかし、犯人を知らないし、それどころか殺された被害者もどこの誰か知らないんです」

「ただ、彼女の話を聞くと、あなたは、危険な立場にいると考えられるのです。写真を撮られて、思い当たることはありませんか？」

「まったくないです。なぜ、僕の写真を撮るのか、わかりません」

「本当に、わからないんですか？」

「そうです」

「その子を見つけて、質問するのが、一番、てっとり早いかも知れませんね」

と、古賀が、いった。

ところが、一歩、おそかったのである。

3

三月十七日。

早朝から雨が降り出した。最近はやりのドシャぶりである。

中学校近くを流れる小川も、たちまち、水量を増した。

いつもは、子供が川に入って、遊んでいるのだが、急に危険な川になった。

そこに、中学二年生が落ちて、死亡した。その中学生の名前は、木村太《きむらふとし》だった。

「N中学の二年生、木村太君（十三歳）が、水量の急激に増えたR川に落ち、百メートル以上流され、助けあげられて、すぐ、病院に運ばれたが、すでに死亡していた」

それだけの短い記事だった。

写真が、載っていたので、伊東は、彼の写真を撮りに来た少年だとわかった。

（足を滑らせて、水量の増えた川に落ちた）

と、書いた新聞があったが、伊東は、信じなかった。

彼の写真を撮ったから、殺されたのだと思った。

けいが、その少年の家に電話をして、聞いてくれたのだが、彼に頼んで伊東の写真を撮ったことなど、知らないといわれたと、いう。

「両親は、本当に知らないみたい。少年は、脅かされたか金を貰ったかして、親にも、友だちにも、写真のことを、話さなかったんだと思うわ」

と、けいは、伊東に、いった。

「これから、どうしたらいい？」

「全部警察に行って話した方がいいわ。何を隠しているのかわからないけど」

「困ったな」

「どうしたの？」

「三月十四日の事件当日、警察に話していれば、信用してくれたと思うが、今から話して、果して信用してくれるかどうか」

「そんなに、妙な話なの？」

「そうなんだ。多分、おれが疑われる」

と、伊東は、いった。

「じゃあ、私に話して。警察に信用して貰えるかどうか、判定してあげる」

「どうしたらいいかな――」

伊東が、だらだらと、いいわけがましくしていたのは、正直にいえば、怖《こわ》くなっていたのである。

十三歳の子供が殺されたからだ。犯人は、子供でも、容赦《ようしゃ》なく殺してしまうと、わかった時、伊東を強い恐怖が襲ったのである。

少年が殺されたのは、犯人に頼まれて、伊東の写真を撮ったからだ。お金を貰ってだろうが、それ以外少年と犯人の間には、何の関係もないに違いない。それでも口封じに、容赦なく、殺してしまうのだ。

切符を交換した時、あの男は、五万円で、伊東の切符を買おうとした。封筒の中には間違いなく、現金が入っていた。

そのくらい必要だったということになる。

三月十四日には、伊東が乗った北陸新幹線の車内で、男が殺された。

こう考えてくると、伊東の立場は、十三歳の少年より、犯人にとって、はるかに都合の悪い存在のはずだった。

写真を撮っただけの少年でも、容赦なく殺す犯人である。伊東なら、なおさら、いつ口封じに、殺されるかも、わかったものではない。

突然、彼のケータイが、鳴った。

一瞬、びくっとしながら、ケータイのボタンを押す。

なぜか、声をひそめて、

「もしもし」

と、いってしまう。

「こちら、K銀行——支店の者ですが」

と、相手が、いう。

とたんに、ほっとしたが、

(おかしいぞ)

と、思った。確かに、取引銀行で、給料もこの銀行に振り込まれているが、月にせいぜい二十万前後である。今までに銀行の方からわざわざ、電話してきたことは一回もない。

「K銀行の——支店ですが」

と、また、相手が、いう。

「————」

「伊東雅人さまですね？」

「————」

何の用かわからないのだ。銀行にある残高は、五、六万の普通預金だけである。何の用があるというのか？

「先日、普通預金に振り込んで頂いた、一千万円ですが、現在、定期預金獲得運動をしております。何とか、あの一千万を、一年か三年の定期にして頂けませんか？　利率が、一年で、〇・三、三年で〇・五と、有利になりますが」

「ちょっと、待ってくれ」

と、伊東は、あわてて、いった。

「一千万円って、何のことだ？」

「三月十六日に、振り込まれた一千万円ですよ。本の印税じゃありませんか？　本の題名を教えて頂ければ、買って読みたいんですが」

と、相手は、お世辞を、いった。このあたりから、伊東は、やっと落ち着いて、ケータイを聞くことが、できた。

「とにかく、定期の件、ぜひ、お考え下さい。半分の五百万でも結構ですから」

と、いって、相手は、電話を切った。

一応、念のために、伊東は、社に電話してみたが、編集長に、笑われてしまった。

「うちは、まだ、きみの本を出したことはないし、第一、きみは、そんなベストセラー出していないだろう？」

やはり、犯人が、振り込んだものと考えざるを得なくなった。

伊東は、その金額に驚き、余計怖くなった。

（犯人は、強引に、おれを、共犯に仕立てようとしている）

と、思ったからだった。

その一方、不敵な気分も、生まれてきていた。くれるものなら、貰ってやろうという気分である。

二十九歳で、まだ家庭を持てない。何とか、小さな出版社に入ったが、どう見ても儲《もう》かるような会社ではない。一応、月給制だが、儲からない月は月給が減る。

そんな中での一千万は、大金である。

どうせ、犯人にしてみれば、あくせく働いて、貯《た》めた金ではないだろう。殺しの報酬といったものに違いない。

（それにしても、北陸新幹線「かがやき」の中で、殺された男は、いったい何者なのだろうか？）

恐怖が少しやわらぐと、今度は、そのことが、気になってきた。そのことが、恐怖の一部になっていたからである。

三月二十日。

やっと、被害者の身元が、判明し、新聞に載った。

中山正昭《なかやままさあき》（六十六歳）

これが、殺された男の名前だった。

新聞記事は、こうなっていた。

「三月十四日、北陸新幹線『かがやき』の車中で殺された男性の身元が、ようやく判明した。中山正昭さん六十六歳である。中山さんは、五年前に、日本から、フィリピンに移住した人で、現在も、住所は、フィリピンのセブ島になっている。パスポートがなかったので、身元が、わからなかったと思われる。警察は、すぐフィリピンの警察に、照会している」

新聞によっては、「定年をすぎた被害者は、物価の安い、東南アジアで豊かな老後を送ろうとしたのか」と、書いたものもあった。

確かに、そんな形で、アジアで、老後を送る人が、増えたという話を、伊東は、聞いたことがあった。

確か、年金が月二十万でも、フィリピンでは、豪邸に住みハウスキーパーを雇

うことができるという話だった。同時に、そんな話には、気をつけたいという記事も載っていたのだが、

（外国帰りか）

と、思った時、また、恐怖が、少しだけ、軽くなるのを伊東は、感じていた。

4

警視庁捜査一課の十津川《とつがわ》は、あまり気勢のあがらない殺人事件を担当させられていた。

十三歳の中学二年生の事件である。

名前は、木村太。

しかも、最初は、事故死扱いだったのだ。

突然の豪雨で、附近の小川が急に濁り、深くなった。そこに落ちて、溺死《できし》したと考えられたからである。

ところが、死体の解剖の結果、少年が、飲んだ水が、川の水ではなく、東京の水道水と同じ成分とわかった。

何者かが少年を水道水で、溺死状態にさせて、殺したことがわかっての捜査である。

十津川を、最初に苦しめたのは、犯人の動機だった。

最近精神を病んだ大人が、子供を殺す事件が連続して起きているが、こちらの方は、発作的なので、難しい手段を使ったりはしていない。

ところが、十三歳の少年の事件の場合は、水道水を使って、溺死させてから、水量の増えた川に投げ込んで、事故に見せかけている。

明らかに、計画殺人である。

木村太が、どんな少年だったかを、まず、調べた。

少年について調べてきた刑事が、十津川に報告する。

「両親は、現在、巣鴨《すがも》の商店街の中で、肉屋をやっています。高校二年生の姉と、本人の四人家族です。本人の木村太は、勉強の成績は中くらいで、運動も、苦手のようですが、映画に興味を持っていて、自分の小遣いで、中古のビデオカメラを買い、他の子供が遊ぶ時間に、昆虫を撮ったり、車を撮ったりしていました。先日、新しいビデオカメラを持っているので、両親が、どうやって買ったのか聞いたところ、知らない男が、少年が、映画を撮っているのを見て、ほめてくれて、新しいビデオカメラを買ってくれたと話したそうです。亡くなった日も水量の増えた川を、そのカメラで撮ろうとしたのではないか。その時に犯人に捕まったのではないかという話もあります。問題のビデオカメラは、まだ見つかっていません」

「どちらかといえば、いじめられる方ですが、いじめっ子を主役にした映画を、ビデオカメラで撮ったりして、人気がありそれで、いじめを回避していたようです」

「友だちに、マンションに、どんな人が住んでいるかを、映画にしたらどうかと、担任にいわれてやっていると、話したというのですが、担任は、そんなことは、いっていないと、否定しています」

「彼は、自分のケータイを持っていますが、最近、かけても、出ないので、どうしたのかと友だちが聞くと、カゼをひいて、声が出ないので、恥ずかしいから、出なかったといっていますが、カゼをひいているようには見えなかったと、友だちは、いっています」

これが、刑事たちの集めた、「木村太」像である。

「被害者の木村太に、新しいビデオカメラを買い与えた人間が、犯人と思われますが、肝心のこと、なぜ、ビデオカメラを買い与えたのか、なぜ殺したのかがはっきりしません」

と、西本《にしもと》刑事が、いった。

「一応は、木村太が、中古のビデオを使って、映画を作っているのに感心した大人が、新品を、買い与えたという話になっているんだろう？」

「被害者が両親に聞かれて、そう答えたんですが、信用できませんね。そのあと、すぐ、殺されていますから」

と、答えたのは、日下《くさか》刑事だった。

刑事のほとんどが、新しいビデオカメラを、知らない大人に買って貰ったのは、嘘《うそ》だと見ていた。おまけに少年の両親もだった。誰も信用していないのである。

「しかし、被害者は、実際に、新品のビデオカメラを持っていたんだろう？」

と、十津川が、聞いた。

「そうです」

「じゃあ、盗んだことになるのか？」

「しかし、欲しいものを盗む感じの少年じゃありませんが」

「とにかく、調べるんだ。殺人事件だからな」

と、十津川は、いった。

刑事たちは、少年の家の近くにある大手の電気製品販売店に当たってみた。

ビデオカメラが、盗まれたという声はなかったが、従業員の一人が、気になる証言をした。

「十六日の月曜日に、被害者が、近くのマンションで、三階を一軒ずつ、ドアをノックしては、出てきた住人の写真を、ビデオカメラで、撮っているのを見たそうです。変わったことをしているなと思ったが、時間なので店に出てしまったといっています」

「その店員は、木村太に、その理由を、聞いたのか？」

「聞こうとしているうちに、木村太が亡くなってしまったそうです」

「わかった」

と、十津川は、肯《うなず》き、

「カメさん。そのマンションに行ってみようじゃないか」

二人は、問題のマンションに向かった。

五階建ての中古マンションである。その三階に並ぶ部屋を、順番にノックしていった。

最初の三〇一号室の住人は、二十七、八の若い男だった。十津川の質問に対して、

「確かに十六日でした。昼頃、ノックがあったので、ドアを開けたら、とたんに、ライトが光って、ビデオカメラを向けられたんです。しかも子供でしたよ。理由を聞いたら、近くの中学の二年生で宿題に短い映画を作れといわれたので自分は、マンションの住人たちというタイトルで、一人ずつ、写真を撮っていくことにしたんだと、いってましたね」

と、いう。

十津川が、木村太の写真を見せると、

「確かにこの少年でした」

と、肯いた。

三〇一号室から三〇八号室まで、ほとんど、独身の男女だった。

全員が、十六日の月曜日に、同じ目にあったという返事だった。

十津川は、次に、この八人の男女について、調べることにした。

木村太が、ビデオカメラで、住人の写真を撮ったのが、三階だけだったからで

ある。

男女別、年齢、経歴、職業、前科などである。

調べた結果を、表にして、捜査会議で、刑事たちの意見を聞いた。

とたんに、二人の刑事が、同じことを、口にした。西本と日下のコンビである。

「三〇五号室の伊東雅人の職業が『鉄道時代』という雑誌の記者になっています。確か三月十四日に北陸新幹線の東京—金沢間が、開通しましたが、東京発金沢行きの一番列車の車内で、乗客の一人が、殺されたはずです」

と、西本が、いった。

「他に、最近、事件に関係した住人は、いません」

と、日下も、いった。

「そのとおりだ」

と、十津川は、肯き、二人に向かって、

「すぐ、この伊東雅人という男を、任意同行で連れて来い」

と、命令した。

同行されてきた伊東雅人は、どう見ても、普通の若い男だった。

日下刑事が、途中で「鉄道時代」の最新号を買ってきて、十津川に渡した。

表紙は、北陸新幹線「かがやき」の写真で、「東京—金沢間を、ついに二時間三十分で快走する」という文字が躍り、そこには、「体験乗車・伊東雅人」という署名が、あった。

「北陸新幹線は、どうでした?」

十津川は、そんな質問から始めた。

「快適でしたよ。それに、東京から金沢に行くには、今までは米原《まいばら》経由でしたが、これからは、乗り換えなしで行けるんですから、大した進歩です」

と、伊東は、いってから、

「まさか、北陸新幹線のことで、呼んだんじゃないでしょう?」

と、逆に質問した。

「三月十四日の開業の日に乗られたんですね?」

「そうです。仕事ですから」

「問題の列車の中で、乗客が殺されましたね。もちろん、同じ列車に乗られたんだから、ご存知だと思いますが」

「あとで知りました。列車が、金沢に着いた時は、ホームが、大さわぎで、私は、雑誌のためにホームの取材をして、そのあと、金沢市内も歩いてみました。ホテルに入って、テレビのニュースで、事件のことを知ったんです」

「あなたは、一番列車の『かがやき』に乗られた？」

「そうです。東京発六時一六分の一番列車です」

「どの車両に、乗られたんですか？」

「グランクラスです」

「取材する時は、いつもグランクラスに、乗られるんですか？」

「いや。どの車両でもいいんですが、グランクラスは、食事も飲み物も出るんで、それがどんなものか、知りたいですから」

「途中で、他の車両も、取材されたんでしょう？」

「もちろんです。全車両取材しています。雑誌に書いていますから、読んで下さい」

「グリーン車もですか？」

「ええ。もちろん」

「いつの時間にグリーン車の取材を？」

「列車が、大宮を出たあたりに、先頭車のグランクラスを出て、最後尾の車両までカメラを持って歩きましたよ。そのあと、先頭車まで、引き返したんです」

「つまり、グリーン車は、往復しているわけですね？」

「そうです」

「その時は、まだ、殺人は起きていなかった？」

「ええ」

「何か、おかしな空気は、感じませんでしたか？」

「そんなものは、何も。今もいったように、グリーン車で、殺人があったとわかったのは、金沢のホテルに入ってからですから」

「北陸新幹線の切符は、どうやって、手に入れたんですか？」

「一ヶ月前から、売りに出すので二月十四日に、東京駅の窓口に並んで買いました」

「『鉄道時代』を出している出版社の編集長に聞いたら、あなたは、グリーン車の切符でもいいといったのに、グランクラスの切符を勝手に買ったっていっていましたよ」

十津川がいうと、伊東は、笑った。

「うちの出版社は、小さくて、金がないから、ケチなんですよ。さっきもいったように、グランクラスでは、食事と飲み物が出るんですよ。あれは、車内じゃ売ってないんです。グランクラスの切符を買わないと、手に入らないんです。うちじゃ、絶対に、買ってくれないと思ったから、一万九千六百三十円、私が、自腹を切りましたよ」

「中山正昭さんという人を知りませんか？」

「誰です？」

「北陸新幹線で、殺された被害者の名前です」

「ああ、そうでしたね。関係のない人間なので、名前を覚えられなくて」

「ところで、雑誌に載った何枚かの写真ですが――」

と、十津川は、「鉄道時代」のページをゆっくりと、めくっていく。

「グリーン車の写真が、一枚しかありませんね」

「当たり前でしょう。一車両二枚ずつ撮って、それを載せたら、写真だけで、枚数オーバーですよ」

「グリーン車は、進行方向から見て、前のあたりから、撮っていますね。座席番号でいえば、16A、B、Cのところからですが」

「グランクラスから、グリーンに入ってすぐ写真を撮りましたからね」

「実は、殺された中山正昭さんは、1Aの座席で、殺されたんです。もし、あなたが、反対側で、グリーン車の車内を撮っていたら、北陸新幹線で起きた殺人事件を解決するのに、役に立ったかも知れないなと思いましてね」

十津川の思わせぶりないい方に、伊東は、むかッとして、

「何回もいいますが、この写真を撮った時は、まだ、事件は、起きていなかったんですよ。グリーン車の座席に、死体が、横たわっていたわけでもないんです。それに、北陸新幹線の殺人事件は、金沢の方で、捜査するんじゃありませんか？」

「石川県警が、捜査しています」

「それに、私は、何の関係もありませんよ」

と、伊東は、念を押した。

5

このあと伊東は、むしゃくしゃした気分が治らないので、前にも行った浅草《あさくさ》の飲み屋で酔っ払うまで飲んで、マンションに帰ったのだが、ドアを開けて、

「うッ」

と、一瞬、吐きそうになった。

1DKの狭い部屋である。その狭い部屋が、引っかきまわされているのだ。安物の家具も布の部分がナイフで、引き裂かれている。唯一、金目のものといえば、プロ用のカメラである。商売道具なのだが、それが無くなっていた。

犯人が、何を探していたか、だいたいの想像がついた。

グリーン車の1Aの乗客が殺された。当然一番疑われるのは、隣りの1Bの乗客である。

伊東が交換した切符の席である。

伊東は、その座席に、どんな人間が座るのか興味があった。

もちろん、殺人事件など、起きると予想したわけではなかった。

あの日、車内を取材しながら、グリーン車を往復したのだが、1Aには、すぐ、乗客が腰を下ろしたが、隣りの1Bには、乗客が、いないのである。

こうなると、伊東も、意地になった。グランクラスの車両から、時々、グリーン車に顔を出した。それにカメラには、望遠レンズをつけた。遠くからでも、1Bの座席を撮れるようにである。

東京から金沢まで、二時間三十分。グリーン車に顔を出しては、望遠で、1B

を狙うのだが、いっこうに、座る乗客が現われない。

間もなく、終点の金沢という時に、やっと1Bに腰を下ろした乗客が、眼に入った。

望遠レンズで狙って、シャッターを切った。次の瞬間、もうその男は、立ち上がって、隣りの車両に、消えてしまった。

だから、二枚だけである。

一枚は、立ち上がろうとするところを撮ったので上半身が、写っているが、顔は、大きな白いマスクと、サングラスで、半分は、覆《おお》われてしまっている。

二枚目は男の背中だ。背の高い男だというのがはっきりする。あの日は、暖かかったのに男は、コートを羽おっている。

被害者は、胸を刺され、その凶器は見つかっていないというから、コートで隠していたのか。

伊東は、ケータイを取り出して、カメラの保存のボタンを押す。その二枚だけ、カメラから、ケータイに移しておいたのだ。

伊東は、入口のドアの施錠を確認してから、考え込んだ。

（これで、完全に、事件に巻き込まれてしまった）

と、思った。

(どうしたらいいのか?)

一番無難なのは、警察へ行って、すべてを話すことだろう。ちょっとした皮肉はいわれるだろうが、犯人が捕まれば、賞金ぐらいは、貰えるかも知れない。まあ、あの一千万円はパアになるだろうが。

ここまで、考えてから、あることに気がついて、青くなった。

北陸新幹線で、殺人が、起きる前なら、よかったのだ。

ただ単に、一番列車の切符を取りかえただけだからだ。警察だって、そんなことで、いちいち相談にくるなと笑うだろう。

しかし、今は、殺人事件が起きてしまっている。

犯人は、グリーン車1Aの乗客を殺すために、どうしても、隣りの1Bの切符が、必要だった。伊東はその切符を、犯人に流したことになってしまった。いわば、共犯の動きなのだ。

(このまま、警察に行ったら、間違いなく、共犯にされてしまう)

と、思った。

今のままでは、警察には、出頭できない。

（どうしたらいいのか？）

翌日、出版社からの帰り、駅から、ボンヤリ歩いていて、背後から来たトラックに、あやうく、はねられそうになった。

トラックは、そのまま、猛スピードで、コンクリートの電柱に撃突した。

運転していた二十歳前後の若い男は、運転席から、放り出された。すぐ、救急車で、近くの病院に運ばれたが、緊急手術の甲斐《かい》もなく、二時間後に死亡した。

手術に当たった医者は、亡くなった運転手の所持品を調べていたが、急に、ケータイを、取り出して、警察に電話した。

一時間後に、十津川と、亀井《かめい》が、パトカーで駆けつけた。

十津川は、警察手帳を示してから、

「電話で、いわれたことは、本当ですか？」

と、聞いた。

医者は、一枚の写真を、二人の刑事に、示して、

「亡くなった運転手は、この写真を持っていたのです。それで、警察に知らせるべきだと思いましてね」

と、いった。

若い男の写真だった。
裏には、こんな文字が、並んでいた。
伊東雅人二十九歳。
身長一七五センチ、七〇キロ
俳優のRと、顔が似ている。
住所　巣鴨駅から歩いて十五分のスガモコーポの三〇五号室。
勤務先　東京八重洲口にある鉄道時代社。
「どうも、ただの交通事故ではない気がしたので、連絡しました」
と、医者が、いう。
十津川は、改めて、写真を見た。
間違いなく、先日、訊問《じんもん》をした伊東雅人の写真である。
そして、この写真は、十三歳の木村太という中学生が、撮ったものに違いなかった。
十津川は、すぐ伊東雅人に、電話した。
「今日、帰宅途中で、交通事故に、あいましたね？」

と、聞くと、伊東は呑気《のんき》に、

「あれは、ぼんやり歩いていた、私の方が、悪いんです。トラックの運転手さんは、大丈夫ですか？」

「死にました」

「お気の毒に」

「運転手は、あなたの写真を、持っていました。写真の裏には、あなたの特徴が、書かれていました」

「よくわかりませんが――」

「もう一つ、トラックは、盗まれたものです。これで、何があったのか、おわかりでしょう？」

「まさか――」

「そのまさかですよ。本当のことを伺いたいので、これから、刑事を二人、迎えに行かせますから、マンションにいて下さい」

十津川は、強い口調で、いった。

第二章　被害者の顔

1

十津川はじっと怒りを抑《おさ》えていた。伊東雅人という男の、捜査に対する非協力ぶりによるものだった。

伊東が住んでいるマンションまで、西本と日下の二人の刑事を迎えにやって、伊東に、捜査本部まで来てもらって、まず、十津川が聞いた。

「今日、伊東さんは、危うく、トラックに轢《ひ》かれそうになったと聞いていますが、その件についてお話をお聞きしたいのです」

十津川がいうと、伊東は、澄ました顔で、

「あれって酔っ払い運転か、居眠り運転なんでしょう？　あんな運転をしないように警察のほうで、しっかり、取り締まってくださいよ」

と、いう。

「トラックを運転していた、十九歳の少年は、車を電柱にぶつけて、亡くなりました。ところが少年の所持品を調べてみると、電話でもいいましたが、こんな写真が、出てきたんですよ」

十津川は、少年のジャンパーのポケットに入っていた一枚の写真を伊東の前に置いた。

「よく見てください。ここに写っているのは、あなたですね？」

「ええ、確かに僕ですが」

「この写真の裏には、あなたの名前と年齢、それから身長一七五センチ、体重七〇キロといった、あなたの体の特徴、住所と勤務先、それに、俳優のRと顔が似ているといったことが書いてあります。この写真ですが、あなたには見覚えがあるのではありませんか？」

「いや、知りませんね。おそらく、誰かが僕には、気づかれないように、勝手に撮ったんでしょうが、僕には、覚えはまったくありません。今初めて見ました」

伊東が、その写真を十津川に返しながら、いう。

「この写真は、十三歳の中学生が誰かに頼まれて、あなたのマンションを訪ねて撮ったものです。この件については、前にも、お話ししたはずですよ。問題の中学生は、足を滑らせて、増水した川に落ちて溺死しました。ところが司法解剖の結果、少年の肺の中に入っていた水は、川の水ではなく、水道水と同じ成分であることがわかったため事故死ではなく殺人である可能性が高くなったのです。つまり、あなたは、誰かに命を狙われていて、犯人は、中学生を使って、あなたの写真を撮り、その写真を十九歳の運転手に渡し、交通事故に見せかけて、殺そうとしたんですよ。こういうことが、立て続けに起きているんですから、何か思い当たることがあるんじゃありませんか？」

十津川は、少しばかりきつい調子で、聞いたのだが、

「確かに、中学生のことは、こちらで、話を聞きましたが、僕自身、誰かに命を狙われているなんてことで、思い当たることなんかありませんよ。たぶん、誰かと、人違いして、僕の命を狙ったんじゃないですか。そうとしか、考えられません。僕にしてみればいい迷惑ですよ」

伊東雅人は、まともに、受けとろうとしないのである。

このあたりから、十津川は、だんだん腹が立ってきたのだ。

「伊東さん、よく考えてくださいよ。十三歳の中学生が殺されているんです。誰かに頼まれて、あなたの写真を撮ったことで、口封じに殺されたと、われわれは見ています。次には、その写真を渡された十九歳の少年が、盗んだトラックで、あなたを轢き殺そうとした。それでも、あなたは、思い当たることがないと、いい張るんですか？」

十津川が、厳しい目で、伊東を見すえたが、

「そうです。僕にはまったく心当たりがないんだから、そういうよりほかにないでしょう？」

と、伊東がいい張る。

「わかりました。それでは別のことを、お聞きします。あなたは今、『鉄道時代』という雑誌を出している出版社で働いていますね？」

「ええ、そうですが――」

「先日も伺いましたが、あなたは三月十四日の北陸新幹線の開業の日に東京発金沢行きの一番列車に乗って、金沢に行っている。このことは、認めますね？」

「ええ、それが、僕の仕事ですから」

今度は、伊東が、笑った。

「その『かがやき』の一番列車で、乗客の一人が、殺されています。殺されたのは中山正昭さんという六十六歳の男性です。あなたは、同じ列車に乗っていたんだから、この事件について、もちろん、知っていますね？」

「この前もいいましたが、もちろん、知っていますよ。しかし、僕が乗っていたのは、同じ北陸新幹線『かがやき』でもグランクラスの車両です。確か、その被害者は、グリーン車で殺されていたんじゃありませんか？　新聞やテレビのニュースではそういっていましたが」

「そのとおりです」

「それなら、僕とは、何の関係もありません。東京駅から金沢駅までの二時間三十分の間、僕は、グランクラスの車両にいたわけで、殺人があったのは、別の車両の、グリーン車なんですからね」

「しかし、あなたは、仕事として、北陸新幹線の東京発金沢行きの一番列車の取材に、行っていたんでしょう？　それなら、東京駅を出発して、金沢駅に着くまで、ずっと、グランクラスの座席に、座っていたというわけではないでしょう？　車内のあちこちを見てまわって、乗客に、話を聞いたり、写真を撮ったりしていたんじゃありませんか？」

「もちろん、取材ですから、車内を、見てまわったり写真を何枚も撮っています。しかし、金沢に着くまで、僕はグリーン車で起きた、事件のことは、まったく、知らなかったんです。列車を降りてから知ったわけで、何回もいいますが、殺人事件とは、何の関係もありませんよ」

伊東は、あくまでも、事件とは関係ないと主張した。

「それでも、グリーン車の中の写真も撮ったんじゃありませんか？」

「もちろん、グリーン車の写真も撮りましたよ。それが、僕の仕事ですから。しかし、その時には、何も起きてなかったんです。僕の記憶では、あれは、確か、列車が終点の金沢に到着して、乗客が、全員降りてしまってから、車内を点検していた車掌が、グリーン車の中で死んでいる乗客を、発見したんじゃなかったですか？　新聞やテレビのニュースは、そんなふうに、伝えていましたよ。僕は列車内での取材を終えて金沢駅で降り、ホテルにチェックインしたあとで、テレビのニュースで、初めて事件のことを、知ったんです。僕が撮った写真の中には、殺人に関係するものなんて、何も写っていませんよ。乗客も、車掌も列車が金沢駅に着くまで、グリーン車で、殺人が起きたなんて、誰も知らなかったと思いますよ」

伊東が、冷静な口調でいう。

「あなたのいいたいことは、わかりました。しかし、あなたがいったことを、そのまま信じると、あとの事件、三月十七日、十九日に起きた事件の説明が、つかなくなるんですよ。木村太《きむらふとし》という十三歳の中学生が、誰かに頼まれて、あなたのマンションに行ってあなたの写真を、撮った。その中学生は、三月十七日に殺されました。次には、その写真を持った岡田剛《おかだつよし》という、十九歳の少年が、あなたを交通事故に見せかけて、殺そうとしたが、失敗した。いいですか、十三歳の中学生と十九歳の少年が奇妙な行動をしたあと死んでいるんですよ。こう考えてくるとあなたに思い当たることがないというのは、おかしいんです。北陸新幹線開業と、別のことでも、いいのです。誰かに狙われている。殺されかけた。本当に思い当たることは、ないんですか？」

十津川が、繰り返しても、伊東雅人は、小さく首を横に振って、

「刑事さんに、いくらいわれても、僕には思いつくことは、何もないんですよ。僕は、金持ちでもないし、有名人でも、ありません。ただ、小さな出版社の、雑誌記者にしか、すぎないんです。そんな僕を、いったい誰が、狙うというんですか？」

「ですから、それを、あなたに、聞いているのです。三月十四日の開業初日の北陸新幹線、金沢行きの『かがやき』の車内で、殺人事件が起きた。あなたは、その列車に、乗っていた。たぶん、このことが、犯人の動機だと、われわれは見ているんです。あなたは金沢行きの北陸新幹線『かがやき』の車内で、起きた殺人事件を、目撃したんじゃありませんか？　気付かずに写真に撮ったんじゃありませんか？」

十津川は我慢強く、同じ質問を、繰り返した。

「もし、僕が、グリーン車の殺人を目撃していたら、すぐ警察に、知らせていますよ。それに繰り返しますが、僕は、殺人が起きた車両とは、別の車両に、乗っていたんですよ。事件の起きたグリーン車も、あの日は、満席だった。それなら、僕なんかに、聞くよりグリーン車に、乗っていた乗客に聞いたほうがいいと思いますよ。ひょっとすると、犯人を目撃しているかもしれませんから」

「その点は今、石川県警が調べています。しかし、まだ目撃者は見つかっていないようです。それで、あなたが犯人を見ているのではないかと、石川県警も期待しているんです。犯人を見ているんなら、正直に、いってくれませんか」

「参ったな。僕は何も見ていないんですから、お話ししたくても、何もないんですよ」

「殺す瞬間でなくても、いいんです。グリーン車の1Aの座席に座っていた乗客が殺されたんです。いちばん怪しいのは、隣りの、1Bの乗客です。例えば、その乗客の写真を、偶然撮ったということも考えられるんですがね」

「確かに、あの日、僕は、刑事さんがいうように、北陸新幹線の、一番列車の中で取材をしていましたよ。しかし、だからといって、グリーン車の乗客一人一人を写真に撮っていたわけじゃないんですよ。列車全体の乗客をカメラにおさめていたんです。もし、僕が、殺された、中山正昭さんという人の隣りに、腰を下ろしていた乗客を、写真に撮っていたら、すぐに、警察に届けていますよ。もし、そんな写真を、撮っていれば、面白いし、警察に協力することもできますからね。残念ながら、そんな面白い写真を、撮っていないから、協力できずにいるんですよ」

「わかりました。それなら、あなたが三月十四日、金沢行きの北陸新幹線『かがやき』の車内で、撮った写真をすべて、コピーで結構ですから、警察に提出してください。あなたにも、そのくらいのことはできるでしょう？」

腹が、立っているので、十津川の口調も自然にきつくなってくる。

「もちろん、僕だって警察に、協力したいので、こちらと、石川県警の両方に、コピーをして送りますよ」

と、伊東が、いった。

「あなたは、グランクラスに、乗っていたというが、ひょっとして、問題のグリーン車に、乗っていたんじゃありませんか？」

横から、亀井《かめい》刑事が聞いた。

「冗談じゃありませんよ。僕が乗っていたのは、別の車両の、グランクラスの席です。もし、疑うのなら、当日の車掌に、聞いてみてくださいよ。僕がグランクラス車両に乗っていたことを、証明してくれるはずです。座席が十八しかないから、車掌も覚えていると思いますよ」

「もちろん、石川県警を通じて、車掌の証言を取りますよ」

と、十津川は、いってから、

「それにしても、北陸新幹線開業初日の三月十四日、東京発金沢行きの一番列車『かがやき』は、大変な人気で、切符は、まさに、プラチナチケットだったと、聞いています。特に、グランクラスは、わずか、十八席しかないんだから、その切符を、手に入れるのは、大変だったんじゃありませんか？　何でも発売十九秒か二十秒で、売り切れたと聞いています。伊東さんは、その、切符をどこで手に、入れたんですか？」

「一ヶ月前、東京駅の窓口に、徹夜で並んで買いましたよ」

「その時、あなたに応対した、窓口の担当者ですが、男性でしたか、それとも、女性でしたか？」

と、少しばかり意地悪く、十津川が、聞いた。

案の定、伊東は、ムッとした顔になって、

「男の人でしたよ。警察は、そんなことまで、聞くんですか？　僕は、犯人扱いですか？」

「いや、そういうことじゃありません。あくまでも、念のためですよ。別に今回の事件で、あなたが、グリーン車で乗客を殺したなどとは、思っていませんから」

「それなら、もう、帰ってもいいですか？　まだ仕事が、残っているので」

半ば腰を浮かすようにして、伊東が、聞いた。

「お帰りになって、もちろん、結構ですよ。いろいろと、ご協力いただいて、ありがとうございました」

十津川は、最後に、笑顔で、伊東を帰すことにした。

2

捜査は、すぐに、行き詰まってしまった。原因の半分は、伊東雅人の非協力さにあった。

ただ、残りの半分は、岡田剛という十九歳の少年のせいだった。彼が持っていた運転免許証で、名前と年齢は、確認できたのだが、住所が、運転免許証に記載されていたところと違っていたのである。

岡田剛は、三ヶ月前までは、台東区《たいとう》内の製菓工場で配達の運転手として働いていたのだが、無断欠勤が多かったりと、勤務態度が、良くなかったので、そこを、クビになり、その後、どこに、住んでいたのか、どんな仕事をしていたのかが、いくら調べても、わからなかった。

したがって、今のところ、岡田剛の退職後の三ヶ月間については、想像するよりほかに、手がなかった。

製菓工場にいた時、岡田剛は寮に住んでいたのだが、そこを追い出されて、その後は、友人のところを転々としていたか、マンガ喫茶か、一人用のカラオケボックスで、寝起きしていたのだろうとしか、推測の方法はない。

多分、その間に、何者かが、岡田剛に接触して、彼に木村太が写した伊東雅人の写真を渡し、報酬と引き換えに、交通事故に見せかけて、殺してくれと依頼したのだろう。

岡田剛は、トラックを盗み出し、伊東雅人を、撥《は》ね飛ばそうとしたが、失敗した。生きていれば、依頼について聞くことができたのだが、電柱に激突して死んでしまったので、何も聞くことができない。

刑事たちは、岡田剛が働いていた製菓工場の寮にも行って、話を聞いたのだが、岡田と親しく付き合っていたという人間は見当たらず、彼がクビになってからの、三ヶ月間については、誰も知らなかった。

中学生の、木村太の捜査も、一向に、進展しなかった。

何者かが、木村太に新しいビデオカメラを与え、伊東雅人の写真を、撮ってこさせた。そこまでは想像できるのだが、肝心の木村太が死んでしまっているので、彼に、伊東雅人の写真を、撮ってくるように頼んだ人間が、わからないのだ。

石川県警から、坂本《さかもと》という警部が、合同捜査の連絡に、やって来た。

十津川と亀井の二人が、坂本警部を迎えて今後の捜査について話し合った。

「今のところ殺人を目撃した人間が、一人もいないんですよ。それが、最大のネックになっています」

と、坂本が十津川に、いった。

「殺されたのは、グリーン車の1A、窓際の席に、腰を下ろしていた乗客だと聞いたんですが」

と、十津川が、いうと、

「そうなんですよ。われわれは、その隣りの座席1Bに座っていた乗客が、犯人ではないかと考えました。あの列車の切符は、全席、売り切れですから、犯人が空いている座席に腰を下ろしていて、チャンスをじっと、狙っていたということは、まず、考えにくいのです。どうしても、被害者の隣りの座席の乗客を容疑者第一号と考えざるを得ないのです」

「普通に、考えれば、そうなりますね。相手を狙うには、隣りの席がいちばん、やりやすいですからね」

と、十津川が、いった。

「ところが、当日の車掌に、聞いてみると、この1Bという座席は、ずっと空いていたというんです。そのことが気になったので今でもはっきり覚えている、といっています」

と、坂本警部が、いう。

「その列車の場合、すべての座席が売り切れていたわけですね？」

「そうなんです。当然1Bの座席を予約した人が必ずいるわけです。ところが車掌がいうには、いつ見ても誰も座っていなかったそうです。そこで、われわれは、こんなふうに、考えました。犯人は、1Bの座席の切符を、持っていました。目的は、被害者の隣りの座席を、ずっと、空けておくためだったのではないか。そして、犯人自身は、1Bの座席には、座らず、別の車両に乗っている。そちらの座席の切符も、買って持っていたに違いありません。列車が金沢に着く寸前になって、犯人は、初めてグリーン車に、やって来て、1Bの座席に、腰を下ろし、隣りの座席にいる被害者、中山正昭に、話しかけながら、ナイフで、突き刺して殺し、急いで元の車両に戻って、そこから、何事もなかったような顔をして、金沢駅のホームに降りたのではないか？　石川県警としては、そんなふうに、考えるようになっています。この推測は、当たっていると思うのです。1Bの座席には、ほとんどの時間誰も座っていなかったので、車掌も、同じグリーン車に乗っていた乗客も、犯人の顔を見ていないと思うのです。車掌は別の車両に、乗っていた犯人に対して、車内検札をしたでしょうが、その男が、犯人だとは思いませんからね」

「つまり、中山さんを、殺した犯人は、東京発金沢行きの北陸新幹線『かがやき』の一番列車に、乗っていたにもかかわらず、まるで、乗っていなかったようになっている。そういうことですね？」

「そのとおりです」

「殺された中山正昭さんという人ですが、その人は、グリーン車の1Aの切符を、どうやって、手に入れたのか、わかっているのですか？」

と、亀井が、聞いた。

「いろいろと、調べてみたのですが、どうやら、プレゼントされたものらしいことが、わかりました」

坂本警部が、いう。

「プレゼントというと、自分で買ったのではなくて、誰かから、贈られたということですか？」

「そうです。問題の1Aの切符を売ったのは、金沢駅の窓口で、乗車日の一ヶ月前から、売り出していたのですが、こちらで調べて、若い女性が、1Aの切符を買っていることがわかっています。その女性から、中山正昭さん六十六歳に贈られたのではないかと、われわれは、考えています」

「その若い女性というのは、どこの誰なのかわかっていないのですか？」

「とにかく、名前も、住所もわかっていません。金沢駅の窓口に、並んで買った。今のところわかっているのは、それだけです。それに、金沢駅で並んで買ったといっても、金沢の人間かどうかもわかりませんからね。東京の女性が、わざわざ、金沢まで来て買ったのかも知れませんし」

と、坂本警部が、いう。

「もしかすると、その若い女性が、1Aと同時に、1Bの切符も買ったのではありませんか？　そして、1Aの切符だけを中山正昭さんに贈ったことも考えられるでしょう？」

坂本が、ちょっと笑った。

「確かに、石川県警の刑事の中にも、そう考える人間が、何人かいました。私も最初、そうではないかと、考えました。つまり殺人の共犯者です。しかし、金沢駅の窓口で、確認したところ、その若い女性は、1Aの切符一枚だけを、買ったというのです。確かに、隣りの1Bの切符も、同時に買っておけば、1Aの人間を殺すのは楽だろうとは思いますが、あとになってから、容疑者になってしまいます。だから、隣りの、座席1Bの切符は、一緒に、買わなかったのだと、思います」

「しかし、1Aの乗客を、殺すには、どうしても、隣りの座席1Bの切符が必要なわけでしょう?」

「そうですね。これも推測ですが、犯人がいるとして、その一人が、金沢駅で、1Aの切符を買う。もう一人の犯人、つまり、共犯者が、どこかの駅の窓口、あるいは、インターネットで1Bの切符を買うことになっていたのだろうと、われわれは、考えました。犯人にすれば、怪しまれずにすみますから」

その後、今度は、坂本警部が、十津川に聞いた。

「東京で、二つの死亡事件が、起きたと聞きました。その二つの事件が、北陸新幹線の事件と、何らかの関係があるということですが、十津川さんに詳しいことをお聞きしようと思っていました。どんな具合なんですか?」

「最初は、三月十四日の東京発金沢行きの北陸新幹線『かがやき』の一番列車とは、何の関係もないと、思っていたのです。それが、関係ありそうに思えてきたので、こちらからお願いをして、合同捜査ということにしていただいたのですが、正直にいってまだ、百パーセント、確信が持てるまでには、至っていないのです。こちらで事件が二つ起き、伊東雅人という『鉄道時代』という雑誌の記者をやっている男がそちらの事件に関係ありと見ているのですが、なぜか警察に対して、非協力的でしてね。何を聞いても、自分は関係がないとしか、答えないのです」

十津川は、伊東雅人について、わかっていることを、坂本警部に、詳しく説明した。

「この伊東雅人という男は、今問題になっている三月十四日の東京発金沢行きの一番列車の北陸新幹線に、取材で乗っているのです。彼が乗っていた、列車の中で殺人事件が起きて、現在、石川県警が、捜査をされているというわけです。そこで、われわれは、伊東雅人という男は、列車内の殺人事件とは、直接的には、関係がないだろうと考えつつ、しかし、記者として、乗り込んだのだから、列車内の写真を、撮ったり、乗客にインタビューしたりしているはずだ。ひょっとすると、取材中にグリーン車内部で起きた殺人を目撃したのではないのか、あるいは、その瞬間を写真に撮ったのではないか？　そのために、命を狙われたと考えたのですが、今いったように、まったく思い当たることがない。グリーン車で殺された、1Aの乗客を写真に撮ったりはしていない。自分は、グリーン車に乗っていたのではなく、グランクラスという、別の車両に乗っていた。したがって、東京で起きた中学生殺人事件にも、北陸新幹線の車内で起きた、殺人事件にも、自分はまったく関係がないと、主張しているのです。われわれは、その証言を、どこかおかしいと疑っているのですが、今のところ証拠がないので、伊東雅人を、追及することができないのです」

「今、お話を、伺ったばかりですが、十津川さんがおっしゃるように、伊東雅人という雑誌記者は、三月十四日北陸新幹線の車内で起きた殺人事件と、どこかで、つながっていそうですね」

「私もそう思います。まず間違いなく、どこかで、つながっているか、何かを、知っているはずです」

「これは勝手な想像ですが、その伊東雅人という、雑誌記者が、北陸新幹線の殺人事件の犯人ということは、考えられませんか？」

坂本が、いった。

「可能性は、ゼロじゃありませんが、今の時点では、考えにくいですね」

十津川は、慎重に、いった。

「考えにくいというのは、どうしてですか？」

「もし、車内で、殺人を起こそうとする場合は、グランクラスという目立つ車両には、乗らないと思うのです。グランクラスは、全部で、十八席しかありませんので、車掌やアテンダントに顔を覚えられてしまいますからね。私が犯人なら、目立たない普通の指定席の切符とグリーン車の１Ｂの切符の、両方を買いますね。離れた指定席で、じっと息をひそめていて、金沢駅に着く直前、グリーン車に行って、相手を、殺します」

「伊東雅人という、雑誌記者が、グランクラスに、乗っていたことは、間違いないんですか？」

「それは間違いありません。彼が働いている、出版社の編集部に行って、確認してきました。編集長は、伊東雅人に、三月十四日のグランクラスの切符を、見せられたそうです。それに、東京発金沢行きの北陸新幹線『かがやき』の、一番列車のグランクラスに伊東雅人が乗っていたことは、車掌が証言しています。取材の時に、撮影した写真などは、明日にでもコピーを、取って見せに来ると約束しています。そちらにも送るそうです」

「しかし、十九歳の少年が、運転するトラックに、伊東雅人は、危うく轢かれそうになったんでしょう？　そして、トラックを運転していた少年は、伊東雅人の写真を、持っていた？」

「そのとおりです。写真を見る前は、単なる交通事故だと思って、処理しようとしていたのですが、殺人事件だとわかって、私たちが捜査に、当たることになったのです。もう一つは、十三歳の中学生が、誰かにビデオカメラを貰《もら》って伊東雅人の写真を、撮っています。その写真が十九歳の少年に渡って、少年が伊東雅人を狙ったわけです」

十津川は、十三歳の木村太という少年も、岡田剛という十九歳の少年も、ともに死んでしまっているので、捜査は難しいと、坂本警部にいった。

「ところで」

と、横にいた亀井刑事が、坂本に、向かって、

「三月十四日に殺された乗客ですが、確か中山正昭さん、六十六歳でしたね？彼について詳しいことは、わかったんですか？」

「こちらで調べたところ、中山正昭さんは、六十一歳まで、東京都内の図書館に勤め、館長をやっていたことがわかりました。六十五歳が、定年なんですが、中山さんは、その四年前に辞めて、フィリピンのセブ島に行き、現在は、そこで、

暮らしているそうです。今回、誰が、招待したのかはわかりませんが、中山さんは、誰かの誘いを受けて五年ぶりに、日本に帰ってきて、三月十四日、東京駅から北陸新幹線『かがやき』の一番列車に乗って、金沢に行こうとしていたのです。現在わかっているのは、そのくらいです。フィリピンの警察には、捜査協力の要請をしているのですが、中山さんが、セブ島で、どんな生活をしているのか、現地で何かトラブルを、起こしていないかの報告は、まだこちらに来ておりません」

東京都内の千代田《ちよだ》区の図書館に、館長として五年前まで、勤めていたと、坂本が教えてくれたので、十津川は、

「こちらですぐ、千代田区の図書館に行って、中山元館長のことを、聞いてきます。何かわかったら、坂本さんにすぐに報告しますよ」

と、約束した。

その日、石川県警の、坂本警部は、東京都内のホテルに、泊まり、明日、伊東雅人に会ってみると、いった。

翌日、十津川は、亀井と二人で、図書館に行った。

千代田区は、ほかの区と違って官庁や会社が多い。したがって、千代田区民の

ための図書館というよりも、全国的な図書館という感じがした。

「四年前まで、館長だった中山正昭さんについてお聞きしたい」

十津川は、今の図書館長に、いった。

「どんなことでしょう？」

「中山正昭さんは、どんな人でしたか？」

「仕事に対しては、とにかく、熱心で真面目な人でした。どうしたら、図書館が良くなるかをつねに、考えている人でしたね。私どもの図書館では、毎月、購入したい書名を、区に申請すると、その本を、買ってくれることに、なっているんです。したがって、どんな本を買うかについては、館長の趣味や考え方が大いに、関係してきます。中山さんが、館長をしておられたのは、約十年間ですが、その間にかなりの数の本が、集められています。それをご覧になれば、中山さんの、趣味というか、何に興味を持っているかすぐわかると思いますよ」

現館長は、購入した本の目録を、見せてくれた。

確かに、それを見ると、中山元館長の趣味というか、関心が、どこにあったのかがよくわかった。

十年間にわたって購入した書籍の半分は、太平洋戦争に関する資料や本、写真集などだった。残りの半分も、千代田区や、東京都に関する資料や、アメリカやイギリス、あるいは中国が、太平洋戦争について、どう見ていたのかを、英語で書いた本が並んでいた。

「確かに、中山元館長は、日中戦争、あるいは、太平洋戦争に関心を持たれていて、そうした関係の本や資料を、十年間にわたって購入されていますね。ところで、中山さんは六十六歳でしたね？」

と、十津川が、聞いた。

「そうです。ウチの図書館は、六十五歳で定年ですが、その四年前に、辞めてフィリピンに移住されたと、聞いています」

「六十六歳なら、完全な、戦後派じゃないですか。それなのに、中山さんは、どうして、戦争に、興味を持たれて、いたんでしょうか？　そのわけを、聞かれたことがありましたか？」

「確かに、中山さんは、戦後派ですが、戦争には、強い関心を持たれていましたよ。いつでしたか、中山さんと、飲みに行った時、私が戦争の話を、してほしいといったら、今は勘弁してくれ。暗い話だからと、いわれたのを、今でもよく覚えています」

死んだ中山正昭の、図書館長時代の写真を、何枚か借り、他に、中山元館長が、約十年間に購入した書籍、あるいは資料について、まとめたリストも借りて、十津川は、捜査本部に戻った。

十津川はまず、千代田区図書館から借りてきた、書籍や資料のリストを、コピーし、それと、中山正昭が、図書館長時代に写した写真三枚を、石川県警の、坂本警部に送ることにした。そのあと、中央大学で現代史、特に日中戦争と太平洋戦争について、研究している、小野塚《おのづか》という教授に話を聞くため、今度は一人で、中央大学に出かけた。

前もって、アポを取らずに訪ねていったのだが、十津川が、行った時は、幸い、小野塚教授は授業中ではなく、研究室にいた。そこで、大学の近くにあるカフェで、小野塚教授から、話を聞くことができた。

3

十津川は、中山正昭が、千代田区の図書館長だった時に購入した書籍、資料などのリストを、小野塚教授に見せて、

「このリストから見て、中山元館長が、戦争の、どんなことに、興味があったかわかりますか？」

小野塚教授は、笑って、

「中山さんとは、彼が、千代田区の図書館長だった時代に、何回か、会って話をしたことがあるんですよ」

と、いった。

「その時、どんな話をされたんですか？」

「中山さんが、いちばん熱心に話されていたのは、太平洋戦争のことでした。なかでも、戦闘が、いちばん熾烈《しれつ》だったニューギニア戦線について、よく話されていましたよ。ところで、太平洋戦争について、調べていると、よく出てくる言葉があるんです」

「どんな言葉ですか？」

十津川が、聞くと、小野塚教授が、メモ用紙に書いた言葉があった。

「ジャワは極楽。ビルマは地獄。生きて帰れぬニューギニア」

「兵士たちは、太平洋戦争の末期になると、この言葉を、誰ともなく、口にしていたそうですよ。おそらく、兵士たちの間で、はやっていたんでしょうね」

「いったい、どういう、意味なんでしょうか？」

「戦闘がなかったインドネシアのジャワは、物資が、豊富にあって、飢えることもなかったので、極楽といわれていた。ビルマでは補給が続かずに、食料不足から、死んでいく兵隊が、多かったので地獄だといったのでしょう。最後のニューギニアは、そのビルマよりもさらに、戦闘が熾烈《しれつ》で食料もまったくない。ニューギニアに、送られたら最後、生きて、日本に帰ってはこられない。つまり、そういうことです」

と、小野塚教授が、いう。

「どうして、千代田区の図書館長だった中山さんが、ニューギニアに、関心を持っていたんでしょうか？」

「確か、中山さんが、おじいさんのことを、話した時に、祖父は、南方で終戦を迎えて、弾丸も食料も尽きてしまって大変な戦いだったと、父から聞いたことがあると、そんなことを、中山さんが、いっていましたね。だから、太平洋戦争のなかでも、特に、ニューギニアの戦いに関心を持っていたんじゃありませんか？

私は、勝手にそう理解していますが」

と、小野塚教授が、いった。

「何となくわかりますが」

「戦争末期には、ニューギニアというよりも、ニューギニアを含めた、その周辺の島々のすべてが、ひどいことに、なっていたんです。ガダルカナル島のことは、日本でも、よく知られていますが、ほかにも、周辺には小さな島が、たくさんあって、日本軍の守備隊がいたのですが、圧倒的な、アメリカ軍の攻撃にあって、あっという間に、壊滅してしまったんです。ニューギニアは地図を見るとよくわかるのですが、日本軍は、ここを押さえて、オーストラリアと、アメリカとの連絡を、絶とうとしたんです。ところが、圧倒的な力を持ったアメリカ軍が、上陸してきて、ニューギニアの日本軍は、逆に、孤立してしまったのです。そうなると、今申し上げた、小さな島と同様に、日本軍は、食料や武器の補給が、続かなくなって、多くの兵士が、戦闘ではなくて、飢えと、病気で亡くなっていったんです」

「ニューギニアや、先生がいわれたようなガダルカナル、あるいは、ほかの島々の戦闘について書いた本や、資料が多いですね。中山さんの関心が、ニューギニア周辺にあったことがわかりますね」

と、十津川が、いった。

しかし、ほかの地域での、戦争について書かれた本や資料も、何冊か、リストには載っていた。

ニューギニアと同じように、日本軍は苦戦し、最後には、玉砕《ぎょくさい》した。そうした戦場の資料も、多いし、そうした戦闘について書かれた本も、多い。なかには、フィリピンの戦闘について、書かれた本も何冊か入っていた。

「小野塚先生は、中山元図書館長と、何回か話をされたといわれましたが、なかでもいちばん、記憶に残っているのは、どんな話ですか？」

と、十津川が、聞いた。

「確か中山さんの、おじいさんという人は、金沢の連隊の隊長じゃなかったですかね。その連隊は、日本陸軍の中で勇猛だといわれていた連隊の一つで、そのために、太平洋戦争が始まると、東南アジアの戦場に、送られ、日本軍が守勢にまわった頃になると、ニューギニアやビルマ、フィリピンなどの、激戦地に次々にまわされたといっていましたよ。最後には、東南アジアのどこかの島で、連隊はほとんど玉砕した。おじいさん自身は生き抜いて、復員したそうですがね。中山さんが、そういっていたのを、今でもよく覚えています」

「中山さんのおじいさんの名前は、わかりますか?」

「確か中山勝之《かつゆき》さんじゃなかったですか。最後の地位は、中将だったそうです。今いったように、金沢の連隊長を、務めた人で、とにかく、勇猛果敢な人だった。そのために、南方の激戦地をたらいまわしにされたそうです。中山さんは、そのおじいさんから来た手紙を、全部大切に取ってあって、その何通かを、見せていただいたことがあります。すべて筆で、書かれたものでしたが、今の人には、書けないような達筆でしたね」

小野塚が、微笑した。

「中山さんは、そのおじいさんが、自慢だったわけですね?」

「そうでしょうね。おじいさんのことを話す時は、眼が輝いていましたから。この勝之さんというおじいさんは、上司に対しても、平気で意見をいうような人で、そのために激戦地にまわされて苦戦したのではないかと、中山さんは、いってましたね。戦争に関する書籍や資料を、購入したのも、おじいさんの足跡《そくせき》を、知りたかったからではありませんか?」

と、小野塚が、いった。

「金沢の連隊で、連隊長をしていたとなると、おじいさんは、というよりも、中山家というのは、金沢の出身なんでしょうか？」

「金沢が郷里というよりも、金沢の近くに、旧家があって、そこの人間だということも中山さんから、聞いたことがありましたよ。詳しいことは、知りませんが」

と、小野塚が、いった。

どうやら、中山家は金沢と縁があるらしい。それで、中山正昭六十六歳は、三月十四日に東京発金沢行きの北陸新幹線「かがやき」に乗って、金沢に行こうとしていたのだろうか？

第三章　手　紙

1

十津川は、北陸新幹線の捜査は、部下の刑事たちに任せて、急遽《きゅうきょ》、マニラに飛んだ。

マニラ警察の担当者との話し合いのあと、中山正昭、六十六歳が住んでいたというマニラ市内の住居に行き、十津川は自分の目で、家の中を調べてみることにした。

中山正昭は、祖父の中山勝之元中将が書いた手紙を大切に、取っておいたというので、マニラ市内の自宅に保管されているという、その手紙をすべて東京に持ち帰って、眼を通したかったのだ。トランクに入っていたものを持ち帰り、丹念に読み進めてみた。手紙の束の中に、今回の殺人事件の動機を示すような話があるような気がしたのである。

中山勝之元中将から、家族に宛てた手紙は昭和十八年に始まって、昭和二十年の三月に、終わっていた。

最初に手紙の束を眼にしたとき不思議に思ったことがある。それは、戦争中に出された手紙であったにもかかわらず、検閲の判子が、どこにも、押されていなかったのだ。

中山勝之は、勇猛をもって鳴る金沢の連隊を指揮する連隊長だったから、軍が遠慮して検閲しなかったのかとも思ったが、どうやら、そうでは、なかったらしい。

軍に批判的だった中山元中将は、自分の手紙を検閲されるのがイヤで、郵送ではなく、マニラなどから、連絡のために日本に帰る同僚か、あるいは、部下の若手将校などに頼んで、手紙を日本に住む家族に、直接、手渡してもらっていたのに違いないと思った。だから、検閲の判子が、押されていないし、軍のチェックも受けていないのだ。そうなれば、そこには中山勝之の本音が書かれていると期待してもいいだろう。

そんなことを考えながら、まず最初の手紙を、読んでみることにした。

手紙の宛て先は、金沢市内になっていて、相手の名前は妻の中山節子《せつこ》になっていた。

裏を返すと、そこには、

「ラバウルにて」

と、あった。

ラバウルというのは、太平洋戦争の時、東南アジアに侵攻した陸軍が設けた基地のあったところである。そこに日本陸軍は、十万人の部隊を置いていた。

この基地を拠点として、日本陸軍はガダルカナルにも、侵攻したし、ニューギニアでも戦っている。

今、私は、ようやくラバウルに、引き揚げてきた。ガダルカナルで敗れ、そこから転戦したニューギニアでも、攻略目標のポートモレスビーを眼前にしながらも弾薬が尽き、食料も欠乏し、多くの、戦死者を出したあと、命令によって撤退を、余儀なくされた。敗戦の連続で、何とか戦死も病死もせず、現在は、ラバウルで休養している。

今、私が、いちばんに、感じていることを書いておこう。それは、この戦争は、始めてはならない戦争だったということである。初戦の勝利によって、国民だけではなく、本来冷静でなければいけない私たち軍人までが、われを忘れて、浮かれてしまったのである。

しかし、ここに来て、はっきり、わかったことがある。それを、できるだけ正直に書くことにする。

アメリカという国は、われわれの想像をはるかに超える強大な国家である。私には、そのことがはっきりとわかったのだ。ガダルカナル島の戦闘でも、それを証明するような、こんなことがあった。

海軍の艦隊の戦艦二隻、巡洋艦三隻が、アメリカ軍の飛行場に向かって、夜間の艦砲射撃を行った。その攻撃は成功し、飛行場は炎に包まれ、数十機の、敵の戦闘機や爆撃機が、炎上した。

これで、われわれは、明日を待って、総攻撃をかければ、絶対に、敵の飛行場を奪取することができると考えた。

その計画どおり、翌日未明、私たちは、敵の陣地に対して一斉攻撃をかけた。

ところが、前夜、あれだけの損害を、与えたはずの敵の飛行場は、またたく間に整備され、しかも、炎上した数十機の、飛行機の代わりに、新しく三十機の戦闘機と二十機の爆撃機が、運ばれていて、われわれの攻撃に対して、猛烈な爆撃と機銃掃射を、行ってきたために、やむなく、私たちは、一時的に、撤退せざるを、得なくなってしまったのだ。

しかも、アメリカ兵は、精神的にも強力だった。

今、日本の子供たちが、雑誌や新聞で教えられているアメリカ兵は、やたらに、女や酒に、だらしがなくて、こちらが攻撃すれば、たちまち、尻尾《しっぽ》を巻いて逃げ出してしまうような、弱々しい兵士たちに違いない。昔は、私もそう教えられ、信じていたのだ。

しかし、本物のアメリカ兵は、われわれと、同じように、いや、われわれよりも勇敢だった。

ガダルカナルでの白兵戦では、われわれは銃剣を、かざして、アメリカ軍の陣地に突進したのだが、その時、アメリカ兵たちは、ナイフを、振りまわして、われわれと、戦ったのである。

私たちは昨日の艦砲射撃で、アメリカの飛行場は、完全に破壊されているだろう。戦死者も大変な数に、上っているはずである。

そう信じて、突撃したのだが、飛行場は、見事に修復され、昨夜のうちに運ばれてきた戦闘機や爆撃機が、私たちに向かって、猛烈な爆撃と機銃掃射を、繰り出してきたのである。

それに対して、われわれの、戦闘機や爆撃機は、一機も、援軍として、現われなかった。あれだけの艦砲射撃で、痛めつけたというのに、次々に、敵機が現われ、制空権を完全に、アメリカに握られてしまっているからなのだ。

このあと、制空権と制海権を、手に入れたアメリカ軍は、続々と、物資と、兵員を運び込み、今や、ガダルカナルでは、一対五ぐらいの、兵力格差になってしまっていた。もちろん、われわれが、一だ。

これは、精神力で、補えるものではなく、残念ながらガダルカナルを諦《あきら》めざるを得なくなり、ニューギニアに、転戦した。

私たちは、ニューギニア本島の、北側に上陸し、南側の都市ポートモレスビーを目指して、陸路、山越えで攻撃することにした。ジャングルを抜け、川を渡り、やっと山頂からポートモレスビーを、見下ろすことができたが、突然、私たち、第二十五連隊に対して、撤退命令が出た。

若い将校も、兵士も、撤退命令に、悔しがった。なぜ、ここまで来ていながら、撤退しなければならないのかと、不満の声を上げた。そして、無念の撤退に入った。

しかし、今になって、冷静に考えてみれば、撤退命令は、正しかったと思う。ポートモレスビーを目前にしたのだが、この時、すでに私たちには、戦うために必要な弾丸も、食料もなくなっていたからだ。

そのうえ、容赦のないアメリカ機の爆撃と、飢えや疲労で、私たちはこれ以上、戦う余裕を失っていたのである。兵士たちは疲れ切り、若い将校もとにかく眠らせてくれと呟《つぶや》いていた。

おそらく、あのままポートモレスビーに向かって進撃し、攻撃していたら、第二十五連隊も、南方方面軍も、壊滅的な損害を出していたに違いなかった。

しかし、撤退というのは、辛《つら》い。今までの、日本軍といえば、連戦連勝で敗北を知らなかった。だから、いかなる強行軍でも進撃が楽しかった。何の苦にも、ならなかった。

しかし、アメリカ軍との間の撤退は、正直にいえば、敗退なのだ。じりじりと後退しながら、敵の砲撃と、爆撃で、一人二人と、兵士が死んでいくのである。

私たちは、海岸まで撤退したあと、足腰の立たぬ者、歩けない者は、そこに、置き去りにして、どうにか、このラバウルまで撤退してきた。兵士を捨てたのだ。

おそらく、お前たちが、読む新聞では、南方方面軍はニューギニアにおいて、初期の目的を達成したので、転進したと、書かれているニュースを読むことになるだろう。

しかし、そのニュースは、誤りというか、まったくのウソだ。大本営が作った、でっち上げにすぎない。

事実をそのまま書けば、初戦の勝利からわずかの間に、われわれは、アメリカ軍に、制空権と制海権を奪われてしまったのだ。一ヶ月ほど前まで、昼間は、アメリカ軍が、制空権と制海権を握っているが、夜になれば、日本海軍が、制海権を握っていると、いわれてきた。

だが、ここに来て、夜の制海権もアメリカに、握られてしまっている。そして、連合艦隊は、いたずらに艦船を失わないようにと考えて、ガダルカナルと、ニューギニアからの撤退を考えるようになった。何しろ、日本は貧しくて、一隻の艦船でも失えば簡単には、補給できないからだ。

海軍が撤退し、制空権がなければ、輸送船に米や野菜や大砲を積んで、激戦地に運ぼうとしても、ほとんどの輸送船が、目的地にたどり着く前に、アメリカによる空からの攻撃で沈められてしまう。

そこで、窮余の一策として、駆逐艦と、潜水艦に食料を積んで、あるいは、武器や弾丸を積んで、前線まで、運ぶことを考えた。いわゆる、これが東京急行、東京エクスプレスだ。

しかし、海軍は、始めてすぐに、これも止《や》めてしまった。制空権がない戦場では、いくら、潜水艦や駆逐艦を使ったとしても、損害ばかりが、大きくなって、思ったような成果が得られないことが、わかったからである。

こうしたさまざまな理由から、私たちは、ガダルカナルから撤退し、ニューギニアからも撤退して、今、ラバウルに、集まっているのだ。

これから私たちは、新しい戦場に向かうことになるだろう。どこに行くのかは、まだわからない。

この手紙は、検閲にかかっては、まずいので、私の部下の将校が、東京に連絡に行くというから、その陸軍中尉に、託して、お前たちに、直接手渡すようにと頼んでおいた。

この手紙を読んで、お前たちは、驚くかもしれない。日本軍は、本当は、もっと、勝っているんじゃないのかと思うことだろう。

しかし、私がここまで、書いてきたことは残念ながら、すべて、本当のことだ。

したがって、お前たちも浮かれてばかりいないで、これからが、本当の戦いになることを覚悟していてくれ。

2

二通目の手紙。昭和十八年四月十五日。

宛て名は、一通目と同じ妻の中山節子になっていて、

「ラバウルにおいて」

と、書いてある。

私たち第二十五連隊の行き先が、正式に決まった。フィリピンのマニラだ。

ガダルカナル、ニューギニアと進攻してきたアメリカ軍が、次に狙うのは、おそらく、フィリピンだろう。

私たちが、ニューギニアから撤退して集まったラバウルには、十万人の陸軍の部隊がいた。破壊されたガダルカナルの飛行場を整備したアメリカ軍は、毎日一

回、このラバウルに飛来して、大量の爆弾を落とすのである。

ラバウルには、南方でもっとも強力といわれている海軍航空隊がいる。アメリカ機が爆撃を繰り返すと、海軍航空隊のゼロ戦が舞い上がって、追い散らす。

最初のうちは、バタバタと敵の飛行機が墜落するので、私たちは大いに快哉《かいさい》を叫んでいたのだが、そのうちに、ゼロ戦によるアメリカ機への迎撃が次第に元気がなくなっていった。理由ははっきりしている。

アメリカ機を、二十機撃墜しても、ゼロ戦も、何機か撃ち落とされてしまうのだ。こちらは、ゼロ戦の補充ができないのに、アメリカ機の方は、何機撃ち落としても、次には、それ以上の機数で、やって来るのだ。

参謀長が、なげいている。

「一機でも二機でも、今こそ、飛行機がほしい時だというのに、なかなか補充が、できない。これでは、戦えませんよ」

と、いい、さらに、

「これが、日本とアメリカの国力の差だとは、絶対に認めたくないんですが、毎日少しずつ機数が減っていくゼロ戦を、見ていると、やっぱり国力の差なのではないかと、考えてしまうのです、残念ではありますが」

と、悔しがっていた。

私も、参謀長の意見に、同感だ。ガダルカナルとニューギニアでアメリカとの国力の違いを、いやというほど、思い知らされているからだ。

先日、今村南方方面軍司令官にお会いした時も、つい、

「ラバウルの上空で、毎日のように行われている空中戦を見ていると、これはやはり、国力の差ではないかと、つい、思ってしまうのですが、司令官殿は、どうお考えになられますか？」

と、聞いてしまった。

「確かに、君のいうとおり、この状況は、間違いなく、国力の差だ。そういうしかない。しかし、最初から、それがわかっていたうえで、今回の戦争を始めたのだからな。今さら、何をいっても仕方がない。何とか精神力で、補わなくてはならん」

と、今村司令官は、いわれ、続けて、

「中山君、ひょっとすると、アメリカ軍は、このラバウルには、上陸してこないかもしれないぞ」

「ここには、十万の兵力がいますから、ぜひとも、アメリカ軍と一戦を交えたい

ものです」

と、私が、いうと、

「そうなれば、私としても、少しは気が楽になるんだがね。その可能性は低いような気がする」

「どうしてですか？」

「先日、参謀長とも話し合ったのだが、これまでのアメリカ軍の、攻撃方法を見ていると、彼らは、必ず、抵抗の少ないところを狙って、上陸してきているんだ。このラバウルには、十万もの兵を集めている。そこでアメリカ軍は、素通りしてしまう可能性がある。そう考えざるを、得ないのだよ。そう考えると、今、われわれとしては、何を第一に、しなければならないのか、君にはわかるか？」

と、私は、今村司令官に聞かれた。

私が、黙っていると、今村司令官は、こういわれた。

「残念ながら、制海権も、制空権もアメリカに握られている。このラバウルには、海軍航空隊が、いるのだが、ゼロ戦の補充は、かなり、難しい状況らしい。そうなれば、われわれは、いったい、どうしたらいいのか？　今もいったように、アメリカ軍は、このラバウルに上陸せず、素通りしてしまう可能性が強い。われわれは、取り残され孤立する。その時、何がいちばん大事なのか、君にわかるか？」

と、聞かれた。

「弾丸と食料です。この二つがなければ、ラバウルは、守り切れません」

「そう。君のいうとおりだ。ラバウルが孤立した場合を考えて、その二点をどうするかを考えた。私はそこで部隊を三つに分けて、交代で農作業をやらせることにした。その一方機械に強い兵士たちのグループを作って、破壊された飛行機や、戦車の部品から、工作機械を作るようにと命じている。補給が期待できない以上、十万の人間が生き延びていくためには、ここで、自給自足していかなくてはならんのだ。武器の補給も期待できないのだから、ある程度の武器は、ここで生産できるようにする。食料の自給は、それ以上に必要だ。君たち第二十五連隊は、フイリピンへの転進が決まったから、このラバウルでは、必要はないだろうが、フイリピンの孤島に送られたら、今、私が話したようなこと、弾丸と食料の自給自足を考えたほうがいい」

「忘れないようにします」

　私は第二十五連隊を率いて、ガダルカナルで戦い、ニューギニアでも戦っている。当初の一万五千人の兵士は、数が一万二千人に、減ってしまっている。

減った三千人の兵士は、すべてが、アメリカ軍の弾丸に、当たって死んだわけではない。三千人の半分、千五百人は、飢えと病気で、死んだのである。私には、それが、無念で仕方がなかった。

私の言葉に、今村司令官は、強く肯《うなず》かれた。

「君の気持ちはよくわかる。私も同じだ。兵士たちのことを考える時、いちばん悲しいのは、彼らが、アメリカとの戦闘で死ぬのではなくて、飢えと病気で命を落とすことだ。だから、私は、自分にいい聞かせている。絶対に兵士を飢えさせないと」

3

三通目の手紙。

この手紙の裏には、ラバウルではなく、

「マニラにて」

と、書かれてあった。マニラに移動したのだ。

私の率いる第二十五連隊の一万二千人は、夜間、輸送船で、ラバウルを出発した。とにかく、アメリカ機に見つかったら、終わりである。

そこでまず、日本海軍最大の前線基地といわれるトラック諸島に寄り、次の日の夜になって出港し、昼間は、日本軍の守備する島で過ごし、ようやく、第二十五連隊は、マニラに到着した。

次のアメリカ軍の目標は、ラバウルは素通りして、フィリピンだろうといわれていたが、まだ、フィリピンには、緊張感はなかった。

大本営からは、フィリピンの防備を、強化すべしとの命令が来ていた。私は、陸軍の飛行機に乗って、レイテ島や、ミンダナオ島をまわってみた。アメリカ軍が、上陸してくるとすれば、レイテ島かミンダナオ島のどちらかだろうと予想されていたからである。

ところが、現地に行ってみて私は愕然《がくぜん》とした。

海岸線に、砲台を作ろうにもその建築資材がないのである。

大砲も、機関銃も数が少なく、戦車隊はいることはいるのだが、配備されているのは、何とも古い戦車で、アメリカ軍のシャーマン戦車に比べると、鉄板は薄いし、戦車砲の発射速度も遅い。シャーマンと戦ったら、こちらの弾丸は、はね返され、逆に向こうの弾丸は、簡単にこちらの鉄板を貫いてしまうことだろう。

私は次第に、この戦争に対して悲観的な見方をするようになっていった。

実際の戦争を、体験したことが一度もない大本営の参謀たちが、しきりに「フィリピンの防衛を、強固にしろ」とか、「武器の足らないところは、精神力で補え」と強い調子で繰り返しても、私は逆に、どんどん、落ち込んでいった。

私は、これまで、参謀本部で働いたことがない。陸軍士官学校を出てから常に戦場で戦火を浴びてきた。

その経験からいえば、制海権も制空権も、アメリカに、奪われ、大砲の数は少ない、戦車も頼りにならない、弾丸も不足していて、一日何発と決められてしまっている。こんな状況では、一万二千人の部下たちに向かって、突撃命令を出すことに、躊躇《ちゅうちょ》してしまう。

そのうち、わが第二十五連隊に、セブ島の防衛が命令された。

セブ島というところは、今回、初めて、わかったのだが、戦争がなければ、美しい海と、自然があふれる観光地である。いや、現在でも、フィリピン政府の高官たちが、セブ島に作った豪華な別荘で、悠々と、時間を潰している。

彼らは、明らかに、アメリカ軍が上陸してくれれば、日本軍は、負けるに決まっていると、決めつけているのだ。

第二十五連隊の若い士官のなかには、われわれがフィリピンに、独立を与えた。アメリカから解放してやったという考えを持っている者もいるが、フィリピン人、特に上流社会の人間たちは、そんなことは、まったく考えていないことが、はっきりしている。彼らはむしろ、フィリピン人を、苦しめているのは、日本軍だとさえ思っている。

だから、もし、アメリカ兵が、上陸してくれば、彼らは、間違いなくアメリカ兵の味方をして、われわれに銃を向けてくる公算が強いと、私は、思った。

それなのに、実状を知らない東京の大本営から第二十五連隊に対して矢継ぎ早に命令がきた。

その一つが、アメリカ軍が、上陸してくるまでに、セブ島にいるゲリラを、壊滅せよという命令だった。

私が、その命令書を、副官の小田島《おだじま》大尉に見せると、

「すぐに、始めましょう。セブ島にいるゲリラは、だいたい、千人ぐらいですから、われわれが、全力を挙げて戦えば、簡単にやっつけることが、できるはずです」

と、いう。

「いや、そんなことをしても、意味がない」

と、私が、いうと、小田島大尉は、目をとがらせて、

「意味がないことはありません。アメリカ軍が、上陸してくるまでに、この島にいる、ゲリラを一掃しておく必要が、あります。だからこそ、大本営の参謀本部から命令が来ているのです。連隊長は、どうして、その命令に、従われないのですか？」

「今、私たちが、このセブ島で、ゲリラ狩りをやるとする。何人かは、捕まえることが、できるだろう。しかし、全部のゲリラを、捕まえることは不可能だ。それに、ゲリラは、一般市民と、つながっている。そのゲリラを攻撃すれば、島の市民まで敵にまわしてしまう恐れがある。ゲリラたちは、アメリカ軍が上陸してきたら、喜んで、一緒に、われわれを攻撃してくるだろう。今、ゲリラと戦えば、いたずらに、その数を増やしてしまうだけだ」

「それでは、私たちは、何をすれば、よろしいのですか？」

「この島の、実力者に会いに行こうじゃないか」

と、私は、小田島に、いった。

案の定、彼はいやな顔をしたが、私は構わなかった。この戦争は、負けると、次第に、強く信じるようになっていたからだ。必ず負ける戦いにどう対応したらいいのか。

それならば、なるべく、このセブ島での戦闘は避けて、部下の兵士たちが一人でも多く生きて、日本に帰れるようにしたいと、思い始めていた。

私は、そんな自分の気持ちは、副官には、いわなかった。小田島大尉は、大変な精神論者で、上官からの、というよりも、中央からの命令には、絶対服従という信念の持ち主だったからである。

私は、その代わりに参謀の加藤《かとう》中尉には正直に話した。

「これは、君だけに話すのだが、この戦争は、間違いなく、日本が敗北する。負けないまでも多くの損害と犠牲者を出して、何とか、戦争を止《や》めるようにしていくだろう。そうなれば、戦後のために、兵士を一人でも、失いたくはないんだ。だから、アメリカ軍が、上陸してくるまで、この島では、一切の戦闘を、中止することにする。そのために、フィリピン人と、仲良くする。特に、上流社会の人間とはだ」

「本当に、日本は、負けますか？」

「負けるね。それ以上に問題なのは日本はアジアの人々を解放するために、戦争を始めたと、自慢している。しかし、戦争が、始まってから今まで、われわれがやってきたことは、アジアの解放ではない。単なる占領だよ。だから、私は、せめて、このセブ島の中だけでも、占領ではなくて、住民の解放を、実現したいんだ。それは、アメリカからの、解放でもあるし、われわれ日本からの、解放でもある。そして、フィリピンの有力者と、戦後について、約束を取りつけたいと思っているんだ」

翌日、私は参謀の加藤を連れて、セブ島のリーダーに会いに行った。豪華なスペイン風の屋敷に住んでいる、三十代の男だった。

彼は、一応、夫婦揃《そろ》って、私と参謀を迎え入れ、にこやかな顔で、部屋の中に招じ入れたが、明らかに、日本人を嫌っているか、警戒しているか、どちらかのような気がした。

（それが当然だ）

と、私は思った。

何しろ、アメリカ人との付き合いは、何十年にもなっているが、日本人との付き合いは、まだ、わずか二年ほどしか、経《た》っていないからである。しかも、こちらは、兵隊なのだ。

私は、単刀直入に、ロドリゲスというリーダーに、いった。

「これまでの、状況から考えて、まもなく、アメリカ軍が、フィリピンに進攻してくることは、間違いありません。そうなれば、このセブ島にも、上陸してきて、戦闘が始まります」

「私も、そのことを、心配しています。戦場になれば、必ず犠牲者が出ますから」

「われわれは、なるべく、この島の人たちから、被害者を出したくないのです。それに、私の部下の兵隊にも、犠牲者を、出したくない。たぶん、あなたは今でも、アメリカ軍と、連絡を取っているのではありませんか？　そうなら、今の私の言葉を、アメリカ軍に伝えていただきたいのです。私は、部下を死なせたくないし、あなたも、犠牲者を出したくはないでしょう？」

「もちろん、そうですよ」

「それは、アメリカ軍の司令官だって、同じはずです。部下の、アメリカ兵の犠牲は、ゼロにしたいと思っているでしょう。ですから、あなたがアメリカ軍の、司令官と連絡が取れて、アメリカ軍が、フィリピンに進攻する場合、このセブ島に上陸してくるのか、それとも、上陸してこないのか、それが、わかったら、すぐに、私に連絡をしていただきたいのです。もし、アメリカ軍が、このセブ島に、上陸してこないのであれば、われわれも、アメリカ軍とは戦う気がないし、皆さんとも、戦わないでしょう。もし、アメリカ軍が、このセブ島に、上陸してくるつもりならアメリカ軍と私たち日本軍との間で、協定を結びたいと思っているのです」

と、私がいうと、ミスター・ロドリゲスは、眼を丸くした。

私の言葉が、信じられなかったのだろう。

「今の言葉は、あなたの、本心ですか？　それとも、私を騙《だま》しているのですか？　どちらですか？」

ロドリゲスは、私の目を見つめて、聞くのだ。

私は、相手を安心させるように、笑って見せた。

「今もいったように、私は、部下を、死なせたくない。あなたは、この島の島民を、死なせたくない。同じように、アメリカの司令官は、部下のアメリカ兵を、無駄に、死なせたくないでしょう。どうしたら、人々を死なさずに、すむか。もし、あなたが、いい案を、お持ちなら、教えてください。ノーなら、今、私がいったようにしてほしい。私がいったこと、わかりますよね？」

　私が、繰り返すと、ロドリゲスは、

「信じられません」

　と、いう。

「軍隊は、どこの国でも、同じですよ」

　と、私は、いった。

「いいですか、日本軍も、アメリカ軍も軍隊です。いざ戦闘になれば、私もアメリカ軍も、平気で、島民を殺します。その気がなくても、銃火を交えれば、いやでも島民に、銃弾が当たって死者が出ます。しかし、われわれは、それを望んでいないし、あなただって、そうでしょう？　ですから、何とか、アメリカの司令官と、連絡を取って、私の考えを、伝えていただきたいのですよ」

　と、私は、繰り返した。

　私が、何度も、しつこくいったので、ロドリゲスは、最後には、

「よくわかりました。もし、アメリカの司令官と連絡が取れたら、あなたのメッセージを伝えましょう。約束しますよ」

　この会談は、無事に終わった。

ただ、ロドリゲスが、半信半疑なのは、わかっていた。信じさせるためには、私たちも、それらしく動く必要があった。

私は、フィリピンの人たちが、嫌いではなかった。ロドリゲスも、その奥さんもである。その気持ちを何とか示そうと考えて、セブ島の中にある、ゴルフコースで、ロドリゲス夫妻と私と参謀の四人で、翌日、ゴルフをすることにした。

私も加藤も、残念ながらゴルフをやったことはほとんどなかった。コースをまわるのも、もちろん、初めてだった。それでも、ロドリゲス夫妻と、プレーしているうちに、少しずつ、お互いに、理解をし、親しくなることができた。

ゴルフはもちろん、ロドリゲス夫妻の圧勝ということになったが、そのあとの、スペイン風の屋敷でのディナーで、

「昨日、この島の近くに、アメリカの潜水艦が浮上していましたね？」

と、私が、いった。

とたんにロドリゲスは、狼狽《ろうばい》した表情になった。

「私は別に、この件で、ご夫妻のことを、責めているわけじゃありません。それに、アメリカの、潜水艦が偵察のために浮上してきたのも、別に、大変なことだとは思っていません。たぶん、島民に宣伝のビラを配ったり、短波ラジオの放送

を聞かせようと思っているのだと思います。その他、ゲリラに対して銃も何丁か、渡していったと、思うのです。そのことに、われわれは、文句をいう気はありません。ただ一つだけ、あなたにお願いしたいことがあります。この島に住むゲリラのことです。人数は、だいたい千人、あるいは五、六百人だと思われますが」

と、いうと、私の言葉を、遮《さえぎ》るようにして、ロドリゲスが、

「私自身は、ゲリラのことなど何も、知りません。関係もありません。何の連絡もありません」

また、私が、笑う番だった。

「私は、この島で部下を死なせたくないのですよ。相手が、アメリカ兵だろうが、ゲリラだろうが、同じです。そこで、ぜひゲリラのボスに、伝えていただきたい。われわれには、ゲリラを、逮捕したり、処刑したりする気持ちは、まったくありません。これは本心です。ただし、ゲリラが、われわれを、攻撃してくれば対応します。ゲリラのボスが、攻撃してこない限り、われわれもゲリラを攻撃することはありません。約束します。このことも、ぜひ、ロドリゲスさんから相手に伝えていただきたいのですよ」

私たちが、部隊に戻ると、それを待ちかねていたように、副官の小田島が、

「お二人でロドリゲス夫妻と、今までゴルフをやっておられましたね?」

と、とがめる口調で、いった。

「ああ、やったよ。現地の住民と親睦《しんぼく》を図るのは、参謀本部も、賛成していたんじゃないのかな?」

私が、いうと、小田島は、

「しかし、こちらの情報を、相手に、ペラペラしゃべったりするのは、明らかに利敵行為ではありませんか?」

「私は、こちらの情報を、ペラペラしゃべったりは、していないよ。ミスター・ロドリゲスを通じて、アメリカ軍の、情報を得ようとしていただけだ」

私は、少しばかり、ウソをついた。

「そんなデタラメをおっしゃるのは、止めていただきたい。連隊長のことを、参謀本部に伝えました。参謀本部も、いたく、心配されておられました」

「心配って、何を?」

「セブ島の日本軍についてや、マニラの司令部について、あなたが、ペラペラ、ロドリゲスにしゃべったのではないかと心配しておられました。何気なくしゃべられたのであっても、アメリカ軍の司令官は、大いに、喜んでいるでしょうね。

こちらの情報が、筒抜けになっているんですから。戦闘になったら、それが大敗の原因になってしまうかもしれません。もし、ゲリラが攻撃してきて、連隊長のミスで、何人もの兵士が、死んだら、その責任を、取るように、連隊長に、いっておけと、私は、参謀本部に、叱られました。次は、参謀本部の、命令ですが、フィリピンの現地人とゴルフなどでうつつを抜かすヒマがあったら、セブ島のゲリラを、アメリカ軍が、上陸してくる前に掃討《そうとう》せよとのことです。明日から、この命令を、実行していただきたい。これは、参謀本部からの命令です。それができない場合は、あなたを銃殺せよといわれました。職務が、遂行できない人間が連隊長の場合は、その連隊長を、殺しても構わないと、いうのが参謀本部の命令です」

小田島は、真剣な表情で、私に、いうのだ。

「実は、ロドリゲス夫妻から、明日も、ゴルフに、誘われているのだ」

「まさか、参加しようと、お考えなのでは、ありませんね？」

「いや、行くつもりだよ。明日は、ロドリゲス夫妻のほかにも、このセブ島の有力者や、マニラの市長も参加してのゴルフだから、君が何といおうと、私は加藤参謀と一緒に、もう一度、ゴルフに行こうと、思っている。もし、止めたら、君を、第二十五連隊から追放する。それでも、平気だというのなら、明日のゴルフを止めてみたまえ」

と、私は、いってやった。

4

四通目の手紙。

裏面の住所は同じく、

「マニラにて」

である。

今日のゴルフは若い女性も混じって、華やかで、楽しかった。これが、目の保養というものだろうか？ロドリゲス夫妻のほかにも、全部で十二、三人のセブ島の、有力者が今日のゴルフに参加したのだが、上流社会の人たちだけあって、いろいろな情報を、持っていた。

私に向かって、こんなことをいう、実業家もいた。

「申し訳ないが、正直にいって、日本人のことを、信頼しておりません。だからといって、アメリカ人を、信頼しているわけでも、ありません。笑わないで聞いて、いただきたいのですが、私たち、フィリピン人の目から見れば、日本人は、黄色い侵略者、アメリカ人は、白い侵略者です。どちらも、侵略者に変わりがないのですから、どちらのことも、信用していない。これが、多くのフィリピン人の、本音です」

と、相手が、いった。

「昨日、アメリカの潜水艦が、来ていましたが、あなたは、アメリカ人から銃や弾丸を貰《もら》ったんじゃありませんか？」

「いや、そんなことは、ありませんよ。もし、向こうが、やるといっても、受け取るつもりはありません」

「本当ですか？　もし、受け取っているのなら、あまり見せびらかさないほうがいいですよ。日本兵の中にも、気の短い人間が、いますから、それを、敵対行為と見て、いきなり、あなたを、撃ってしまうかもしれません。アメリカ兵から、銃をもらったのなら、銃は、しばらく、どこかにしまっておいたほうが、いいですよ」

私の言葉に、相手は、驚いていた。

翌日も私と加藤中尉は、夜のパーティに、招待された。

加藤は、すぐ行く返事をしたが副官の小田島は、行くことをとがめた。私は、まったく、平気だった。

「セブ島のお偉方が、今、いったい、何を考えているのか、それを、知るだけでも意味がある。それに、パーティは、楽しいじゃないか」

と、私が、いった。

確かに、楽しいパーティだったが、部隊に帰ると、小田島大尉の怒りの声が、私を待ち受けていた。

第四章　レイテ決戦

1

　小田島が、私に、向かって、大声を出した。

「ただ今、第八中隊に命じて、ミスター・ロドリゲスを逮捕し、彼が経営している会社を接収することにいたしました」

　その報告を聞いて、私は、びっくりした。ロドリゲスの主催するパーティから帰ってきたばかりだったからだ。

「何のために、ミスター・ロドリゲスを逮捕し、彼の会社を接収するのかね？」

　私が、聞くと、小田島大尉はさらに、大声でわめき立てた。

「ロドリゲスという男は、われわれに対して、今までずっと、虚偽の報告をしていたのです。われわれは、アメリカ軍の上陸に備えて、海岸線に、砲台やトーチカを築く計画を立てておりました。この計画は、大本営の承諾を得ております」

「そのことは、私も知っている。それと、ミスター・ロドリゲスの逮捕と、いったい、どう関係するというのかね？」

「私は、このセブ島で最大の資金を持ち、大工場を、所有しているロドリゲスに対して、砲台やトーチカを作るための資材を、供出せよと、命じました。ロドリゲスは、そうした資材は、まったくない。工場も空っぽで、工員たちもみな仕事がなくて困っている。したがって、残念ながら協力はできない。私に向かって、拒否したのです。しかし、私が、元工場長を逮捕して詰問したところ、ロドリゲスは、大量の鉄とガラス、セメントなどを工場の背後の、洞窟に隠匿《いんとく》していることがわかったのです。これは明らかに、われわれ日本軍に対する反抗です。そこで、私は、第八中隊に命じて、ロドリゲスを逮捕し、彼の工場の裏の洞窟に隠している鉄材、ガラス、セメントなどをすべて押収することを命じました」

「それは事実なのか？」

と、私は、聞いた。

「間違いありません。ロドリゲスの会社が隠している鉄、ガラス、セメントなどの量は、かなり莫大《ばくだい》なものと聞いております」

「ちょっと待て」

と、私は、あわてて、止めた。

「昭和十八年十一月六日の大東亜会議でわれわれは、フィリピン政府に独立を認めている。したがって、ミスター・ロドリゲスは独立国の実業家だ。仮に資材を蓄えていたとしても、それは犯罪というわけではない。個人の資産だ。軍隊を派遣して逮捕し、接収するというのは、独立国の実業家に対して失礼に当たるだろう。丁重に商取引をして購入する。そうするのが、独立国に対する礼儀なのではないのか？」

と、私が、いうと、小田島大尉が、笑った。

「無理でしょう。そんなことで、あの腹黒い男が、われわれに必要な資材を売り渡すはずがありません」

と、いう。

小田島大尉は、フィリピン人に対して、最初から偏見を持っていた。

アメリカの植民地だったため、彼らは自分たちが、アジア人だということを忘れてしまっている。アメリカ的な享楽主義で骨の髄から、汚《けが》されている。日本人をバカにして、自分たちをアメリカ人に近いと自慢している。

性格は、ずる賢しい。

こういう人種だから、信用できない。アメリカ軍が攻めてきたら、たちまち向こうに味方して、日本軍に反抗するだろう。

小田島大尉のこの偏見は、フィリピンにやってきて、実物のフィリピン人とつき合うようになっても、直らなかった。いや、逆に偏見は、強くなっていった。

特に、ここにきて、反日的なゲリラ組織が生まれてからは、偏見は、嫌悪になっていった。

この島でも、若いフィリピン青年たちが、小さいゲリラ組織を作った。

私は、彼らとは、争わないことに決めた。どうせ、戦争は終わるし、われわれ日本軍は、このフィリピンから、去るのである。他所者《よそもの》である。何も、わざわざ、敵を作る必要はないと思ったのだ。

ところが、小田島大尉は、さっそく、ゲリラ掃討《そうとう》作戦計画を立案して、その実行を、私に迫ってきた。

もちろん、私は反対した。

日本とフィリピンが、友好関係にあれば、ゲリラは、生まれて来ないと、私は思っているからだ。

小田島大尉の考えは、反対だった。ゲリラはわれわれ日本軍が、優しくするから、つけ上がって、反抗組織を作るのだ。したがって二、三名のゲリラを捕えて、公開処刑すれば、連中は、怖がって、つまらぬ行動はとらないようになるというのだ。

私は、そんなことをしたら、それこそ、島全体が、ゲリラだらけになるとして、小田島の作戦を中止させた。

そこへ、今度はロドリゲス一家の問題である。

小田島は、ミスター・ロドリゲスは、親日を装《よそお》っているが、根は反日で、ゲリラ組織ともつながっているというのだ。

「ミスター・ロドリゲスは、われわれの大事な友人だぞ」

と、私がいうと、小田島は、なおさら声を荒らげて、

「その友人のロドリゲスが、われわれを裏切って敵対行為を行っていることが判明したのです」

「どんな敵対行為だ？」

「われわれは今、このセブ島の、防衛を命ぜられています。アメリカ軍の上陸に

備えて、海岸線にトーチカを作り、砲台を、作らなければなりません。そこで、その材料である、鉄、セメント、木材などを、供出するようにロドリゲスに要求していたのに、彼は、終始、そうした資材は、持っていないといって、拒否してきたのです。彼の工場で働いていた、元工場長を逮捕して、問い質《ただ》したところ、社長のロドリゲスが、工場の裏山に大きな洞窟を作り、そこに莫大な鉄、セメント、木材などを、隠していることが判明したのです。彼は、われわれ日本軍を騙《だま》していたのです。そこで今、ロドリゲスの逮捕と工場の接収をするために、第八中隊に命令を出したところです」

と、しつように、同じことを繰り返す。

「とにかく、しばらく待て」

と、私は、いった。

「どうしてですか？　ロドリゲスは、われわれを、ずっと騙していたのですよ。彼は膨大《ぼうだい》な資材を、隠したままで、われわれの要求に、まったく応じようとはしませんでした。明らかに、われわれに対する敵対行為でなくて何でしょうか。すでに私は、東京にこの件を、報告して、現在、命令を待っているところです。まもなく大本営から、命令が来るはずです」

副官の小田島大尉が、盛んに息巻くのだ。

彼が今、いったことは、おそらく、ウソではないだろう。

私は、必死に頭を、回転させた。

「君は今、ロドリゲスたちがやったことを日本軍に対する敵対行為だとしているが、昭和十八年十一月に、大東亜会議を開いた時、日本政府は、フィリピン政府に対して、独立を与えている。君は、そのことを忘れてしまったのか？」

私も、しつこく、同じ主張をくり返した。

昭和十六年十二月八日、日本軍はいっせいに東南アジアに侵攻した。翌昭和十七年の春までには、フィリピン、ビルマ、ベトナム、インドネシアを占領している。

日本政府は、今回の戦争を始めるにあたって、二つの大義を決めている。

第一は、今回の戦争が、米英に対する自存自衛のための戦争であること。二つ目は、アジアの解放だった。アジアの新秩序を作ることだった。

第一の大義、自存自衛のための戦争は事実である。

しかし、アジアの解放は、必ずしも約束どおりではない部分が多かった。例えば、ビルマに侵攻した第十五軍は、当時のビルマで独立運動を続けていたアンサンスーたちに対して、われわれ日本軍は、君たちの独立運動を、助けるためにやって来たと主張しながら、昭和十八年八月、イギリスのビルマ占領が終わると、独立問題を反故《ほご》にして、ビルマ全土を、占領してしまったのである。フィリピンでもインドネシアでもベトナムでも、日本軍は、まったく同じことをやった。

独立を与えず、占領した理由は、いたって簡単だった。一言でいえば、日本が貧しかったからである。

日本には、資源と呼べるようなものは何一つなかった。石油もないし、鉄もない。もちろん、アルミニウムもゴムもない。アメリカやイギリスに対する戦争の発端も、もとはといえば、物資の不足、特に、石油だった。

だから、日本軍としては、東南アジアに侵攻すると、何よりもまず、インドネシアの石油、フィリピンのゴムと鉄、ビルマの鉄、銅、そして米などを輸送船で、日本本土に運ぶ必要があった。

侵攻したビルマやインドネシア、フィリピンに、独立を与えなかったのは、軍の占領下に置くほうが、必要な軍需物資をスムーズに集めやすかったからにすぎない。

しかし、日本軍の優位が、崩れて、戦局が不利になってくるにつれて、アジア各国が不満を、いうようになった。アジアの解放を、叫びながら、占領を続けていれば、アジアの各国から不満が出るのも当然なのだ。

そこで、日本政府は、アジア各国に、急いで独立を与えることにした。それが昭和十八年十一月の大東亜会議である。

「大東亜会議で、日本政府は、フィリピンの独立を承認した。したがって、ミスター・ロドリゲスもフィリピンの人々も、独立国家フィリピンの友人になったんだ。その友人が軍需物資を隠していたからといって、どうして、それが日本軍に対する敵対行為ということになるのかね？　その軍需物資を、これからの交渉によって、ミスター・ロドリゲスから買い取り、それを日本の本土に運んで必要な兵器を作る。それが当然の行動ではないのか？　いきなりミスター・ロドリゲスを、逮捕したり、彼の会社の所有する物資を没収してしまうというのは、やり方が、おかしいのではないか？」

と、いって、私は、副官の小田島大尉を叱りつけた。小田島が、不満気に黙っているので、

「それに」

と、私は、小田島副官に、いってやった。

「今もいったように、昭和十八年の十一月に日本政府は、フィリピン政府に対して、独立を与えたのである。したがって、独立国フィリピンの実業家や国民に対して、君が不満を持つ場合には、当然、現在のフィリピンの、大統領府に対して不満をいうべきだ。それなのに、なぜ、独立国の大統領を差し置いて、大本営に報告するのかね？　もし、そんな行為がアジア全体に広がったら、アジアの各国は、日本政府を信用しなくなるぞ。それでもいいのか？」

参謀の加藤中尉も、私に合わせたように、小田島副官に質問した。

「あなたは、あくまでも、中山連隊長の副官である。その副官が連隊長に相談もせず、フィリピンの実業家の処分について、大本営陸軍部参謀本部に指示を仰ぐのは、まったくの筋違いである」

連隊長の私と参謀の加藤中尉から同時に責められて、小田島大尉も連隊長の私に、謝罪したが、それが、本心からのものでないことは、もちろん私には、よくわかっていた。

とにかく、私は小田島大尉の命令を撤回させてから、東京の大本営陸軍部参謀本部宛てに、長文の手紙を書いて送った。

「大本営陸軍部作戦課長殿

私の副官である小田島大尉が、フィリピンの非協力者として、名前を挙げたミスター・ロドリゲスは、セブ島の実業界の大物であり、また、独立国家フィリピン共和国の大統領ホセ・ラウレル氏の親戚でもあります。

また、彼が親日家であり、以前から、わが日本軍に対しては協力的な人物であることを、誰もが、よく知っています。

もし今、そのミスター・ロドリゲスを逮捕したりすれば、多くのセブ島の島民がゲリラとして、日本軍に、攻撃を仕掛けてくる恐れがあります。

セブ島守備隊の守備隊長を仰せつかっている私としては、話し合いによって、ミスター・ロドリゲスから、防衛に必要な資材を供与させることを、考えております。

アメリカ軍が、侵攻してくるまでにはまだ時間があり、共生共死を押しつけず、話し合いで、フィリピンの人々の協力を得たいと念じております。そして、それが参謀本部の意向でもあるはずと考えます」

これが、私が送った通信である。

次の日、私は、参謀の加藤中尉も、同行させずに、一人で、ミスター・ロドリゲスの工場の社長室を訪問した。

私は、ミスター・ロドリゲスに会うと、あっさりと事実を伝えた。

「昨日、司令部に帰ったところ、副官の小田島大尉が、あなたを逮捕し、あなたの会社が隠匿している鉄、セメント、ゴムなどの軍需資材を、差し押さえると主張していました。あなたの会社を、辞めた人間を逮捕して自白させたところ、あなたが、工場裏の山中に、膨大な量の軍需物資を隠し持っている。それがわかったといっておりました」

私が、いうと、ロドリゲスは、苦笑して、

「以前、ウチの工場で働いていた工場長が逮捕されたことは、知っていました。中山さんだから、正直に申しあげるが一年以内に、この戦争は終わるだろうと、考えています。そうなれば、戦後の疲弊《ひへい》したフィリピンを、一日も早く、復興させなければなりません。そのためには、どうしても、多くの資材が必要になってくるのです。しかし、今、私が持っている資材を日本軍に押収されてしまったら、フィリピンの復興は、大幅に遅れてしまうでしょう。それだけは、何としてでも避けたいのです」

「しかし、小田島大尉はあなたを逮捕し、隠した軍需物資を、接収しようとしています」

「連隊長の中山さんが、それを、止めることはできないのですか？」

と、ロドリゲスが、聞く。

「できません」

「どうしてですか？　あなたは、彼の上官でしょう？」

「小田島大尉の後ろには、大本営陸軍部の参謀本部が、ついていますからね。参謀本部が乗り出してくれば、私に勝ち目はありません」

私は、正直に、いった。日本の陸軍、海軍は、中央が、強力な権限を持っている。その中央にいるのは、実戦の経験がない秀才の参謀たちなのだ。

私は、ミスター・ロドリゲスと一緒に、彼の会社が、山の中に隠匿していた物資を見に行った。

山の中には、私が、想像していた以上の巨大な洞窟が、掘られていて、確かに大量の鉄やセメント、ゴムなどの、資材と、さまざまな食料品などが、隠されていた。

物資を調べている私を、ロドリゲスが、じっと、見ていた。

私は、同時に、遠くからにらんでいる別の視線も感じていた。

それは、間違いなく、ゲリラたちの、視線だった。

日本軍が、フィリピンを占領したあと、日本政府は、独立を与えず、軍政を布《し》いた。

それに対して、アメリカは本音はともかく、来年になったら、フィリピンに独立を与える約束をしている。

そのことで、日本に、非協力的なゲリラが、フィリピン全土に、生まれたのである。もし、眼の前の莫大な資材を日本軍が力ずくで、接収しようとしたら、島内のゲリラとの間で、戦闘が始まってしまうだろう。

私は、ロドリゲスと、会社に戻ると、彼に向かって、

「黙って、あの隠匿されている物資の五分の一を日本軍に、供出してください。そうしたほうがいい」

と、いった。

当然、ロドリゲスは、反対した。

「あの物資は、フィリピンの戦後の復興に絶対に、必要なものなのです。たとえ

五分の一であったとしても、減らすわけにいかないのです」

と、いう。

「それは、よく、わかっています。しかし、マニラに司令部を置く、第十四軍や東京の参謀本部は、アメリカ軍に対する防衛を、急いでいます。あの隠匿物資が、公になってしまえば、日本軍は必ず、あなたを逮捕し、工場を破壊し、隠匿物資を一つ残らず、接収してしまう。それに対して、ゲリラも、反撃してきます。そうなれば、この島は、アメリカ軍の侵攻前に戦場になってしまいますよ。私は、それを、避けたいのです。あなたが、五分の一だけでも提供してくれれば、あとの五分の四については、接収を中止させます」

と、私は、約束した。

2

五通目の手紙は、同じくマニラ経由になっていた。その日付から見て、マッカーサーに率いられた、アメリカ軍が、フィリピンを攻撃するためにレイテ島に上陸する直前のものだった。

「フィリピンの防衛に当たる第十四軍は司令官が更迭《こうてつ》され、山下《やました》大将がフィリピンの防衛を担当することになった。

たぶん、私も更迭されるだろう」

たった数行しかない、これだけの短い手紙である。

そして、第六通目に、なっている。

同じくマニラ発だが、さらに緊迫感の漂う手紙になっているところを見れば、おそらくフィリピンの防衛に当たっている将兵全員が、アメリカ軍の上陸が近いことを、意識していたに違いない。

予想どおり、私は、セブ島の防衛任務を解かれ、後任には、副官の小田島大尉が任命された。

私と参謀の加藤中尉は、マニラの第十四軍の司令部に、呼ばれていった。

私と加藤参謀は、新しくフィリピンの防衛を任された山下大将が、フィリピンの実情を聞きたいというので、セブ島から呼ばれたのである。

第十四軍の司令部は、マニラ市内のホテルに、置かれていた。背後の壁には、フィリピン全図が張られている。

山下大将は、大きな体と大胆な神経を持ち、実戦に強いという、そんな印象を私は抱いていた。

初めて会う山下大将は、あまり機嫌がよくなかった。

というよりも、彼は、明らかに、怒り、苛立《いらだ》っていた。

前任者が更迭され、急遽《きゅうきょ》、フィリピンの防衛を任されることになった、山下大将としては、アメリカ軍が、上陸してくるまであまり時間がないと考えているようだ。そのことが、彼を、不機嫌にしているのではないかと思われた。

「ここ二、三日、私は、フィリピンの各地を飛びまわってきた」

山下大将が、私に向かって、いった。

「参謀本部の見解では、アメリカ軍は、今から十日以内に、レイテ島か、ミンダナオ島に上陸してくるだろうと見ている。私も、その考えには、同感なのだが、現地に行ってみて、驚いたよ。レイテ島もミンダナオ島も、防衛準備が、まったくといっていいほどできていないんだ。あれでは、アメリカ軍が上陸してきたら、おそらく、十日と持たんだろう。もう一つ、セブ島の防衛を、君たちに交代して当たることになった、小田島大尉から、私のところに上申書が来ている。それによると、フィリピンの政治家や実業家は、日本軍に対して、非協力的である。セブ島でも、島内を支配してきた実業家たちは、日本軍の要求に対して、軍需物資を隠してしまい、そのため、島の防衛が大きく遅れていると、書いている。さらに、君たちが、そのフィリピン人たちを、甘やかしてきたので、自分たちの防衛努力が二重に妨《さまた》げられてしまっている。小田島大尉は、そう書いて寄越しているのだが、これは、本当かね？」

と、山下大将が、聞く。

私は、山下大将に対しても、小田島大尉にいったことと、同じことを話すことにした。

「昭和十八年十一月に、日本政府は大東亜会議を開いて、フィリピンのホセ・ラウレル大統領に対して、独立を認めました。つまり相手は、れっきとした、独立国なのです。日本軍がいくら、鉄を出せ、セメントを出せ、労力を、提供しろと命じても相手は、独立国ですから、簡単には、われわれに、協力しようとはしないでしょう。こちらの要求を、認めさせたいのであれば、フィリピン政府、あるいは、フィリピン人を、もっと尊敬して、そのうえで、協力させるべきです」

私が、いい終わると、山下大将が、笑った。

「小田島大尉の上申書にも書いてあったが、どうやら、君も加藤参謀も、この戦争は、日本の負けになる。戦後のことを、そろそろ考えておく必要がある。そんなことを口にしているようだね？」

「そんなことは、思ってもいませんし、一度も、口にしたことはありません。ただ、日本もフィリピンも、戦争が終わったあとのことは、今から、きちんと考えておかなくてはならないとは、思っています。おそらく、小田島大尉は、大将への手紙の中で、私たちがフィリピン人に協力して、軍需物資を隠していると、書いているかもしれませんが、フィリピンの人たちにしてみれば、戦争が終わったあとの復興が、大変なのです。どうしても、それに必要だから、簡単には、日本軍に協力することはできない。彼らが、そう考えるのは、むしろ、当然なのではありませんか？」

その時、空襲警報が鳴った。おそらく、アメリカ軍の、艦載機の空襲だろう。ここ連日の空襲で、アメリカ軍の侵攻が近いことを示していた。

山下大将は、別に、慌てる様子もなく、

「大丈夫だ。敵の艦載機が、狙っているのは、日本軍の、基地の周辺だ。マニラ市内には爆弾は落とさん」

と、いった。

「フィリピンでの戦いは、どうなると、お考えですか?」

私は、山下大将に、聞いた。

「まず、アメリカ軍が、レイテ島に上陸してくることは、間違いない。そこに、空軍基地を作って、フィリピンの制空権を掌握するだろう。日本海軍は盛んにレイテ決戦を、叫んでいるから、おそらく全力で、上陸してくるアメリカ軍を、レイテ島の海岸で殲滅《せんめつ》させる作戦を執《と》るはずだ。われわれ陸軍としては、その結果によって、どう、戦うべきかの方法を考えなければならんだろうね」

と、山下大将が、いった。

「私がいたセブ島は、どうなるのでしょうか?」

と、加藤中尉が、聞いた。

「セブ島か。私が考えるに、アメリカ軍は、レイテ島を占領したら、次には、マニラに、直接上陸してくるだろう。問題は、フィリピンを、どう守るかだよ。もし、われわれが、レイテ島を防衛できれば、われわれの、勝ちということになるが、私が見た限りでは、島の防衛も誉《ほ》められたものではない。おそらく、今のままでは、レイテ島は、アメリカ軍に占領されてしまうだろう。君がいたセブ島だが、今までのアメリカのやり方を見れば、マッカーサーは、素通りして、マニラに、上陸してくるはずだ。その時には、全軍に、マニラからの撤退を命令し、ルソン島の北部山岳地帯に防衛陣地を作って、そこで決戦を挑もうと考えている」

「マニラから撤収する理由は、何でしょうか？」

「マニラのような大きな都市を守るのは、むずかしい。守ろうとすれば、街が戦地になり市民を犠牲にしてしまうだけだ。私としては、マニラは、無防備都市、英語でいえばオープンシティだが、そうするつもりだ」

と、山下大将が、いった。

翌日も、私たちは、マニラにいた。

山下大将が、私に、いった。

「参謀本部からの命令で、セブ島にいる一万二千人の第二十五連隊は、急遽、レイテ島にまわすことになった」

「どうしてですか？」

「参謀本部も、アメリカ軍は、セブ島には上陸してこないだろうと、見ているんだ。だから、レイテ島に、まわすことになった」

「そういうことですか」

と、私は肯《うなず》いた。が、これで、私の愛する第二十五連隊は、多分、全員戦死するだろうと、思った。

「それで、君たちは、これからどうするのかね？　私としては、君たち二人はフィリピンに詳しいから、できれば私と一緒にいてほしいと、思っているんだがね」

山下大将が、私の顔を見ながら、いった。

3

第七通目。同じくマニラ。

山下大将が予想したとおり、アメリカ軍は、レイテ島に、侵攻してきた。日本軍もレイテ決戦を叫び、連合艦隊は全力を挙げて、アメリカ軍のレイテ上陸を阻止しようとする。

アメリカ軍に比べて、日本軍の航空戦力は段違いに、劣っているので、まともな航空戦はできない。したがって、このレイテ決戦から海軍の神風特別攻撃隊、陸軍の同じく特攻隊が編制され、戦闘に参加した。戦闘の形が、変わったのだ。

結局、私と、加藤中尉は、しばらく山下大将の司令部にいることになった。

私たちが、山下大将と一緒に行動したかったからではない。軍隊というものは、戦闘が始まったら、自分勝手には動けないからだ。

戦闘は山下大将が予想したとおり、日本軍にとって、有利には展開しなかった。陸海軍の航空特攻は、確かに一時的には効果を上げたが、やがて、特攻も連合艦隊も、強大なアメリカ軍の戦力の前に敗北を重ね、レイテ島から去らざるを得なくなってしまった。

私の第二十五連隊も、派遣されたレイテ島では、海岸線の防衛ができず、たちまち、アメリカ軍に、上陸を許したうえ、主力が壊滅してしまい、ジャングルに入って、わずかに、抵抗しているだけにすぎないという。

今後の戦局で、心配なのは、山下大将が希望したように、日本軍がマニラ市内から撤退し、ルソン島の北部山岳地帯に移ってのアメリカ軍との戦いがどうなるかだった。

山下大将は、第十四軍にマニラ市内からの撤退を命令した。マニラを守るためである。

ところが、マニラ市内にいた、海軍部隊が、頑として、マニラ市内からの撤退を拒否した。どうして、拒否したのか、その理由は、私には、わからなかった。

それでも、アメリカ軍は、しばらく、マニラへの攻撃を控えていた。

マッカーサー自身、太平洋戦争のはじめに、マニラをオープンシティにして、バターンに撤退したことがあったからである。

しかし、海軍部隊は、いっこうに、マニラ市内から撤退しない。アメリカ軍は、しびれを切らして、マニラ攻撃を開始したのである。

その結果、マニラ市内は戦場と化した。

マニラ市内の戦闘は惨状を極めた。

というのは、アメリカ軍も日本軍も、市民に遠慮をして相手に対する攻撃の手をゆるめるような、そんなことは一切しなかったから、市民の上にも爆弾が降り注ぎ、大砲の弾丸が飛び交ったのである。

これで、おそらく、何万人、あるいは、何十万人もの罪のない市民が殺されることになるのだろう。

物量を誇るアメリカ軍は、山下将軍の率いる第十四軍を、じりじりとルソン島の北部に追い込んでいった。

私と加藤参謀も、山下大将の司令部と一緒にルソン島の北部に撤退していった。

私は、小田島大尉が今、どうなっているのか、あるいは、セブ島のミスター・ロドリゲスの消息が知りたかったのだが、激しい戦闘の中では、その情報も入手することができず、どちらも不明のままだった。

4

八通目の手紙は、いきなり日付が飛んで、昭和二十年十一月十日となっていた。すでに戦争は、終わったのである。

中山勝之、第二十五連隊連隊長は終戦後、すぐに、日本には帰らず、手紙を読むと、セブ島に行っている。そのセブ島からの手紙である。

フィリピンの残存日本兵たちは、終戦から二ヶ月後の十月末から、少しずつ日本内地への帰還を始めるようになっていたが、私は帰還する前に、どうしてももう一度、セブ島に行きたかった。

セブ島は、幸いフィリピンの戦闘に巻き込まれることはなかったのだが、どんな状況で終戦を、迎えたのか、それが知りたかったのである。

今までの手紙の中では、書くことがはばかられたのだが、実はミスター・ロドリゲスの娘アリサ・ロドリゲスと、男女の関係ができてしまっていて、そのことが、何よりも気がかりだったのだ。

幸いなことに、ミスター・ロドリゲスも娘のアリサ・ロドリゲスも、無事だった。

私と加藤中尉は、一緒にセブ島に行ったのだが、私たちに会うなり、ミスター・ロドリゲスは、すぐに、背広二着を用意させ私たちが着ていた軍服を、それに、着替えるようにと、いった。

「このセブ島でも、戦争が終わったあと、島民のみんなが、平和の戻ってきたことを喜んでいる一方で、戦争中の日本軍が行った暴行などに対して、今でも、許せないと怒っている人がたくさんいるのです。ですから、中山さんや加藤さんが、いつまでも、そんな軍服姿で、歩いていれば、いつ、どこからか、鉄砲の弾が飛んできて、殺されてしまうかもしれません。いつまでも軍服は着ていないで、背広に着替えたほうがいいですよ」

真面目《まじめ》な顔で、ミスター・ロドリゲスは、心配しているのだ。

その言葉を聞いて、私は、少しばかり、迂闊《うかつ》だったと思った。

私は戦争中、フィリピンの人たちに、対して友好的にふるまってきたつもりだったから、何となく、安心し、油断していたのである。

しかし、フィリピンの人たちの立場になってみると、個人の善意などほとんど問題にはならないのだろう。

とにかく、日本軍の将校に対して許せないと思っているフィリピン人から見れば、戦争中、私が、彼らと仲良くしていたかどうかなどは、何の関係もないのだ。

それは、別にしてミスター・ロドリゲスも、娘のアリサ・ロドリゲスも、無事だったことに、私はホッとした。

それだけではなく、ミスター・ロドリゲスが戦時中守りとおした多くの資材があり、戦後は、それを使って、セブ島で新たな会社を、立ち上げ、マニラの政界や実業界とも、連絡を取り合っていることも、私を、喜ばせた。

加藤中尉は、私と別れて先に、日本に、帰還することになった。

私は、このまま、セブ島に残っていたかったのだが、突然、マニラ行きを命令された。

レイテ島に移動して、レイテ決戦に参加した第二十五連隊だが、その指揮に当たっていた、小田島大尉が戦犯として、逮捕されてしまったので、その証人として、マニラのアメリカ軍司令部に呼ばれたのである。

しかし、マニラに着いて驚いたのは、小田島大尉の証人として呼ばれたとばかり思っていたのだが、違っていたのである。

小田島大尉は、レイテ島に、移ってからの行動で、戦犯容疑が、かけられたのだが、気が付くと、私自身が、戦犯として呼ばれていたのである。

小田島大尉は、セブ島から、レイテ島に転進し、第二十五連隊の連隊長として、レイテ島の防衛に当たっていた。

その際、アメリカ軍の上陸を前に、ゲリラを、討伐しておくべきだと司令部に意見を伝え、自ら、五千人の兵士を動員して、島内のゲリラと、戦って何人ものゲリラを殺し、ついには、ゲリラに、協力していた一般市民までをも、殺害してしまった。

その責任を問われたのである。

一方、私のほうはといえば、セブ島にいた守備隊一万二千人の連隊長としての責任である。

セブ島でも、ゲリラはいた。おそらく、フィリピン全土で、三十万人から五十万人のゲリラが、いたのではないかといわれる。日本軍としては、当然、そのゲリラとも戦うことになる。

相手は、ゲリラだからと考え、逮捕した時には、裁判にかけずに処刑していた。私が戦犯の対象となったのは、そのことを、とがめられてのことだった。

しかし、マニラに設けられた法廷で審理が始まってすぐ、これは、助からないかもしれないなと、覚悟した。何しろ、一万二千人の部下の兵士、その一人一人の行動についての、責任を、取らされるのである。

私は裁判の途中から、これは諦めたほうがいいと思うようになってしまった。そんな私を、助けてくれたのは、セブ島からわざわざ、マニラにやって来て、私のために一生懸命、証言してくれたミスター・ロドリゲスだった。

彼の証言のおかげで、私は、何とか無罪になることができたが、第二十五連隊の兵士から殴られたとか、自分の息子はゲリラとして行動していたのだが、第二十五連隊の兵士に殺されたという老人もいたりして、私は、マニラにもセブ島にも留まることができず、日本に帰国することになってしまった。

ここで八通目の手紙は終わっていた。

このあとは、手紙ではなくて、日記になっていた。

日本での生活も、もちろん、書かれているが、その合い間、合い間に、何とかして、フィリピンのミスター・ロドリゲスと、その娘アリサ・ロドリゲスに会おうと努力している様子が日記に書かれていた。

しかし、その当時、日本人の海外旅行は、できなかったのである。連合国の占領下にあったからである。いわゆる「occupied JAPAN」である。

それでもなお、中山は、日記に、一刻も早く、国交ができて、セブ島に行き、ロドリゲス親娘に会いたいと、書きつけている。

当然、ロドリゲスや、娘のアリサの方も、帰国した中山勝之の消息がつかめなかったに違いない。

そのうち、中山勝之は、戦時中セブ島で、彼の指揮下にいた日本兵の一人に、殺害されてしまっている。

中山家では、勝之の息子正之《まさゆき》が、父の遺志をついで、ミスター・ロドリゲスと、関係をつけようと、努力を始めた。

勝之が作った会社「ジャパン21」の社長にもなった。

中山正之も、父に倣《なら》って、日記を書いているが、その中に、ロドリゲスのことは、出てきても、娘のアリサについては、ほとんど、筆が及んでいない。これは、父親の勝之がアリサとの関係を、息子にも話さなかったからだろう。

ロドリゲスの娘、アリサ・ロドリゲスは、中山勝之の消息がわからなくなったことで不安になり、講和前に、単身、彼を探すために、日本に来てしまうのだが、このことについて、中山正之も知らなかったらしい。

フィリピンと日本との国交が成立すると、ロドリゲスは、来日し、中山勝之の死を知った。

ロドリゲスは、戦時中の交友を懐しみ、勝之の子の正之を、ロドリゲス工業の外部役員として迎えている。

このことは、当時の日本の新聞にも載ったし、セブ島の新聞にも取り上げられた。この新聞記事は、中山正之の日記にも、書かれている。

この頃、中山正之は、しばしば、セブ島を訪ねていて、彼の日記に、次のように、書かれている。

「たぶん、父勝之は、老後をセブ島で送りたいと、願っていたに違いない」

ところが、十津川が、続けて、中山正之の日記を読んでいくと、異常な記述に、ぶつかった。そこには、日本を去る決意が、書かれていた。

いずれも、昭和三十年代前半に書かれた日記だった。

今にいたっても、依然として、戦争が影を落としていることを知って、愕然《がくぜん》とする。しかも、日本人の間にである。

亡くなった（殺された）父、中山勝之は、戦時中、フィリピンの防衛に当たる第二十五連隊の連隊長だった。

第二十五連隊には、一万二千人の兵士がいた。最初、セブ島の守備に当たっていたが、レイテ決戦が叫ばれると、激戦地レイテに、急遽、移動した。

レイテ島の激戦で、連隊の兵士の三割六分が、死亡し、無事日本に帰ったのは、八千七百人だった。

戦死、あるいはマラリアでの死亡は、四千三百人である。

死亡した兵士の遺族からは、連隊長の父のお陰で死亡したと、父を攻撃する手紙が来るようになった。

（私の父が、レイテ島の戦いで、死亡した時、連隊長の中山勝之と、参謀の加藤中尉は、マニラに逃げ、戦争が終わると、のんびりと、帰国しているのだ。こんなことが、許されるのだろうか？）

これが、その中の典型的な手紙である。

（私の兄は、レイテで戦死したが、いまだに、兄は、レイテの海に沈んだままで、その霊はひとり、さ迷っている。それなのに連隊長と参謀は、怪我《けが》もせず、のうのうと、帰国している。悲しい）

と、いった手紙もあった。

こんな手紙が届いたあと、父は、殺されてしまった。まだ、犯人は捕まっていない。

私も、父のことを、調べたことがある。第二十五連隊の連隊長だったのは、間違いないが、レイテ決戦の前に、逃げ出したというのは、間違っている。

副官だった小田島大尉と意見が合わず、父は、更迭されてしまい、レイテ決戦の時は、すでに、連隊長では、なくなっていることが、わかった。

そのことを、雑誌に書くと、今度は、私に対する誹謗《ひぼう》中傷の手紙が、来るようになった。ナイフが、送りつけられたこともある。これを使って、自決せよというのかも知れない。

今、私は、次第に、日本にいることが、苦痛になってきた。亡くなった父は、日本とフィリピンの間の「懸け橋」になろうとしていたのに、中傷の的になり、殺されてしまった。

それなのに、

「中山勝之のお陰で、私の父は、死に、遺骨は、まだ、帰って来ない」

という、恨みの手紙が、投函《とうかん》されてくるのだ。

(日本人は、戦争を忘れて、平和ボケしている)

と、書いた人がいるが、私にしてみれば、日本人の中には、いまだに、戦争の恨みを引きずっている人がいるのである。平和ボケの方が、私から見れば、いくら良いかわからない。

中山正之の最後の日記は、「さらば日本よ」と書かれていた。

「明日、私は、日本に、サヨナラする。亡くなった父は、セブ島に住み、人生を終わるつもりでいた。

私は、その父の代りに、セブ島に住み、セブ島で、人生をまっとうするつもりである。父の墓も、向こうに、移すつもりである。もちろん、私の墓も」

第五章　日本を捨てた男

1

ここで、中山正之の日記は、終わっている。

正之の父親で、フィリピンの防衛に当たっていた中山勝之元中将は、セブ島にいたが、日本の将軍の中でいえば、もっとも、だらしのない将軍だったという人もいる。とにかく、大本営からフィリピンの防衛を強化せよと命令されていたというのに、中山元中将は、セブ島からほとんど動かず、何もしなかったからである。

だが、中山元中将は、戦争の帰趨《きすう》はすでに、明らかである、したがって、これ以上戦う必要はないとして、戦争よりも、平和を望んでいた。フィリピンを日本軍とアメリカ軍の戦場にするよりは、自分が卑怯者《ひきょうもの》と呼ばれてもいいから、フィリピンを、悲惨な戦場にはしたくない。中山元中将は、そう考えていた。

だが、戦わない将軍は、認められない。軍人としては最低である。太平洋戦争に関する本が出れば、必ずといっていいほど、中山元中将は「日本陸軍始まって以来の愚将」と書かれてしまうのである。

そのため、中山元中将は、最後は、フィリピンで、死ぬつもりだったといわれる。そして、息子の中山正之も、最後の日記によれば、父の中山元中将と同じようにセブ島で、生涯を終えようと考えていたと思われる。

（しかし）

と、十津川は、考えてしまう。

セブ島で一生を終わろうとしていた中山正之の息子、正昭が、なぜ、金沢行きの列車、それも、三月十四日の北陸新幹線開業の日の、東京発の一番列車「かがやき」に乗って、殺されてしまったのか？

そこが、十津川には、不可解なのである。

第一、なぜ、永久にセブ島で一生を終わろうとしていたと考えられる中山正昭が、三月十四日に東京に戻ったのか？　実際、彼は、フィリピンとの合弁会社で成功し、マニラ市内にも事務所兼用のマンションを持ち、十津川が行ったのは、そのマンションの方だったのだ。

第二には、なぜ、東京から、金沢行きの列車の中で殺されてしまったのか？

その二点が、どうにも、十津川には不可解なのだ。

考えられるのは、三月十四日に、中山正昭は、どうしても日本に戻らなければならない理由があった、あるいは、関係のある人に誘われて、三月十四日の金沢行きの一番列車にどうしても、乗らなければならなかったということである。

他にも問題がある。犯人がいて、その犯人は、中山正昭を、殺したことは間違いない。しかも、三月十四日の、北陸新幹線開業の日である。

犯人は、東京発の一番列車、「かがやき」の中で、なぜ、中山正昭を、殺す必要があったのか？　他の場所ではいけなかったのか。

この犯行には、何人かの関係者がいる。第一が、伊東雅人《いとうまさと》である。伊東雅人は雑誌「鉄道時代」の記者で、会社から、三月十四日の北陸新幹線開業の日、その一番列車に乗って取材しろと命令されていた。

伊東雅人は開業一ヶ月前に東京駅で並んで、ひょっとしたら、一番列車のグリーンの二席並んだ席の片方を購入したのではないだろうか。1Bの座席である。

その時、グランクラスの切符を買った男から、切符の交換を、持ちかけられ、どうせ列車の取材なんだから、どこに座っても一緒だろうと、考えて、自分が持っていたグリーン車の切符と、男の切符とを取り替えた。

そして、彼が取り替えたグリーン車の席の隣りの1Aの客が、殺された。その客の名前は中山正昭で、戦争中、フィリピンの防衛を任されていた、中山勝之元中将の孫である。

一方、切符を取り替えた伊東雅人は、そのため、何者かに命を狙われ、彼の命を狙った十九歳のトラック運転手は激突死、写真を撮った中学生は殺された。そう考えると、事件の辻褄《つじつま》は合うのだ。

十津川は今回の事件で、一番列車のグリーン車で殺された、中山正昭の死とその祖父中山勝之とは関係があると考えて、中山正昭のマニラのマンションに飛んで、祖父の手紙などに目を通した。

中山勝之は、陸軍中将だった。フィリピンの防衛を託された司令官だった。正確にいえば、セブ島に駐屯《ちゅうとん》した一万二千の連隊長である。調べてみると、いかにも変わった将軍だったことがわかった。

太平洋戦争は負けると考え、これ以上、戦闘によって将兵が傷つくことを恐れて、セブ島やフィリピンの防衛をほとんど強化しなかった。そのため、大本営の怒りを買って、更迭《こうてつ》され予備役にまわされてしまったのだが、孫の中山正昭から見れば、祖父の態度は、決して間違ってはいなかった。

戦争が悪化し、これ以上の戦闘はやる意味がないと考えた中山勝之は、フィリピンの防衛を、放棄してしまっていたのである。

それどころか、戦後のことを考えて、フィリピン、特にセブ島の上流階級や実業家、政治家などとの関係を、深いものにしていった。

その交際が、今も生きていて、孫の中山正昭は、セブ島で日本とフィリピンの合同の会社を経営していて、今はマニラにも進出していた。その中山正昭が、突然日本に戻ってきて、三月十四日の北陸新幹線開業の日の一番列車の中で殺されてしまったのである。

いったい何者が殺人を計画し実行したのか？

マニラに飛んで、中山家と中山勝之との間で交わされた手紙を読んで、十津川には、中山勝之という将軍のことが、よくわかった。

フィリピン全体の防衛司令官がいたが、大本営は、陸大の同期生の中山中将を、セブ島の防衛とフィリピン全体の防衛についても司令官を補佐してくれることを期待したと思われるのだが、完全な期待外れになってしまった。中山中将に、その気がなく、フィリピン全体の防衛にも悪影響を与えるとして、中山中将を更迭し、フィリピン全体の司令官も、山下大将に、代えてしまったのである。

しかし、それだけで、戦後七十年経《た》った今、誰が中山正昭を殺すだろうか？　それに、切符を買った雑誌記者の、伊東雅人まで、なぜ命を、狙われたのだろうか？　死人に口なし、を狙ったのか。

そこが十津川にはわからず、マニラをあとにして東京に帰ってきた。

2

十津川は、帰国してすぐ開かれた捜査会議で、向こうで読んだ中山勝之と家族との間の手紙と、日記を全員に披露した。

「中山正昭の祖父、勝之は、大本営からフィリピンの特にセブ島の防衛司令官に任命されながら、戦争の行く末を見すえ、これ以上戦うことは無意味だと考え、防衛の努力をしない代わりにフィリピンの実業家や政治家など有力者との付き合いを重ねていました。そのために、戦後、勝之はフィリピンで、日本とフィリピンの共同経営の会社を設立して、成功を、収めています。その孫、中山正昭も、祖父の跡を継いでフィリピンに渡り、セブ島で生涯を送ろうと考えていたふしがあります。ところが、三月十四日の北陸新幹線開業の日、中山正昭は、なぜか日本に呼ばれて、東京発金沢行きの一番列車のグリーン車の中で殺されています。問題は、フィリピンを永住の地と考えて、セブ島で生活をしていた中山正昭が、なぜ、わざわざ日本に戻ってきて、三月十四日に、グリーン車の中で殺されてしまったのかということです。これが第一の疑問です。次に、伊東雅人のことがあります。彼は最初、東京発金沢行の一番列車のグリーン車の切符1Bを買ったと思うのですが、ちょうどその時、グランクラスの切符しか買えなかった男が、切符を取り替えてくれといってきて、伊東は、どうせ列車内を動きまわって、取材をしなければならないのだから、と考えて、自分のグリーンの切符と、その男のグランクラスの切符を取り替えました。そのグリーン車で、中山正昭が、殺されてしまったわけです。さらに、伊東雅人を轢《ひ》き殺そうとした岡田剛《おかだつよし》は衝突死、中学生の木村太《きむらふとし》も殺されました。犯人は、これだけの人間を殺さなくては、ならない、何らかの理由があったというわけです。そのことから、調べていきたいと、思っています」

「しかし、犯人が、本当に殺したかったのは、中山正昭一人だけじゃなかったのかね？　中山正昭を殺すために、ほかの人間も殺された。私は、そんなふうに思うのだが、違うのかね？」

と、三上《みかみ》本部長が、聞いた。

「確かに、三上本部長がいわれるとおり、最初、犯人は、中山正昭一人だけを殺すつもりだったと思われます。もし、伊東雅人が、グリーン車の切符を買わず、犯人がその切符を買っていれば、たぶん、中山正昭が、殺されただけで他の事件はなかったかもしれません。たまたま、伊東雅人がグリーンの切符を買ってしまった。その切符をどうしても、欲しかった人間が、グランクラスの切符と取り替えた。そのことで、今回の事件は、複雑になってしまっているに、違いありません。したがって、中山正昭を殺した人間がわかれば、すべての事件が、解決するものと思われます」

「中山正昭の殺人に絡んで、何人もの人間が殺されている。君は、同一犯人と思っているのか？」

と、三上が、聞く。

「それは、まだわかりませんが、中山勝之がフィリピンで親しく付き合っていたミスター・ロドリゲスが、来週、日本の、商工会議所の招待で来日することになっています。ミスター・ロドリゲスは、現在、日本とフィリピンで共同経営の製糖工場をやっていますが、社長の、ロドリゲスは、娘のアリサさんを連れて国賓《こくひん》待遇でやって来ます。心配なことは、中山正昭を殺した人間が、今回、ロドリゲス父娘を狙う恐れがあることです。ただ、見方を変えれば、犯人を逮捕するチャンスでもあります。私としては、この機会に、犯人を逮捕しようと考えています」

と、十津川が、いった。

「ミスター・ロドリゲスが、来日するのは、正確には、いつなんだ？」

と、三上が、聞いた。

「新聞には、一週間後の七月七日と出ています」

「君が想像しているように、中山正昭を殺した犯人は、本当に、ミスター・ロドリゲスを襲うと思うかね？」

「中山正昭は、ミスター・ロドリゲスと共同で製糖工場を経営しています。もし、私が犯人なら、中山正昭を殺したのと同じように、ミスター・ロドリゲスを狙うに違いないと思います」

「もう一つ、問題があるといっていたね？」

「伊東雅人が、捜査に、非協力的なことです」

「理由は？」

「わかりません。性格的なものか、それとも何か理由があるのか」

「あと七日間か」

「絶対に次の犠牲者は出したくありません」

と、十津川がいった。

3

十津川は、マークすべき人間は、三人だと考えていた。中山正昭を東京発金沢行きの北陸新幹線の一番列車の中で、殺した人物、伊東雅人が買ったグリーン車の切符を、グランクラスの切符と取り替えた男、十九歳の岡田剛に伊東雅人殺害を依頼し、中学生の木村太を殺した男、この三人である。同一人かも知れないし、別人かも知れない。

ミスター・ロドリゲスと、娘のアリサの親子が、商工会議所の招待で、日本に来ることは、すでに、新聞に発表されている。

とすれば、三つの事件の犯人もすでに動き出している可能性がある。

現在、十津川が、一番気になっている男は、伊東雅人と、切符を交換した人間である。今は、この男が、なぜ、グリーン車の１Ｂの切符を欲しがったのか、はっきりしている。

犯人（犯人たち）は、フィリピンに住む中山正昭を、三月十四日開業の日に、東京発金沢行きの「かがやき」の車両で殺す計画を立てていた。

北陸新幹線の「かがやき」の特別車両といえば、グランクラスと、グリーンである。

グランクラスは、十八席しかないうえ、アテンダント一人が、ついていて、絶えず乗客を見ているので、殺害は難しい。それに、監視カメラもついている。

とすれば、グリーン車である。ただ、北陸新幹線の「かがやき」の場合、グリーン車は、一両だけだし、開業の日の、東京発の一番列車ともなれば、切符を手に入れるのが難しい。

犯人は、何とかして、一両だけのグリーン車の１Ａの切符を手に入れた。窓際のシートである。

犯人は、そこに、中山正昭を座らせることにしたのだろう。車内で殺すとなると、問題は、隣りの1Bのシートである。そこに、犯人が座れば、走行中でも、隣りの中山正昭を殺すことができる。そこで、犯人は、何とかして1Bの切符を手に入れようとしたが、雑誌記者の伊東雅人が手に入れてしまった。

犯人は、何とかして、グリーン車の1Bの切符を手に入れた。伊東は、最初から、1Bの切符を手に入れようとしたのかどうかは、彼が非協力的なので、わからないが、普通に考えれば、窓際の1Aの切符を買うはずである。しかし、1Aは犯人が手に入れてしまっていたので、1Bにしたと考えるのが、自然だろう。

犯人は、何とか、1Bの切符を手に入れたが困ったのは、伊東雅人が、雑誌記者だったことに違いない。

切符交換の話を、雑誌に書くかも知れないし、列車内の写真を撮りまくるかも知れない。

そこで、犯人は、伊東の口を封じようとしたが、失敗した。

4

次は、伊東雅人である。

十津川は、亀井と「鉄道時代」を出している小さな出版社に、伊東雅人を訪ねていった。

十津川たちが、会社に着くと、「鉄道時代」の社内は、妙に慌ただしく、社内の整理をしていた。話を聞くと、今回の「鉄道時代」があまり売れなかったので、出版社をやめようと思っていると、社長が、いう。

伊東雅人も、自分の机の中を整理していた。

「あなたに、少し話を聞きたいんだ」

と、いって、十津川は、伊東雅人を近くのカフェに、連れていった。

「あなたをトラックで轢き殺そうとした運転手が死んだことは、もちろん、知っていますね?」

十津川が、聞くと、

「ええ、そのことは聞きましたが、僕を轢き殺そうとしたとは思いませんよ。第

「僕なんかを殺したって仕方がないじゃありませんか?」

と、呑気《のんき》に、いう。

何でも「鉄道時代」の出版社が、潰《つぶ》れてしまったので、これからは、フリーのライターとして、鉄道関係の仕事を、やっていくつもりだという。

「もう、ある出版社から原稿を頼まれているんですよ」

伊東が、自慢げに、いった。

「今回の殺人事件は、あなたが買った三月十四日の『かがやき』のグリーン車の切符と、グランクラスの切符を取り替えたことから、始まっているんですよ。そのことは、わかっていますか?」

十津川が、少しきつい調子で、聞いた。

「仕方ないですね、こうなれば白状しますよ。もちろん、そのことは、よく、知っていますよ。僕が買ったグリーン車の1Bの切符をゆずったら、1Aの乗客が殺されてしまった。つまり、そういう話でしょう?」

「そうです」

「そこが、僕にしてみれば、面白いところで、だから、原稿を、頼まれたと思っていますよ」

「殺されたのは、中山正昭という日本人です。実は、この中山正昭の祖父は、中山勝之といって、太平洋戦争の時、フィリピンの防衛を任されていた人です。当時中将でした。ただ、戦争に負けると、わかっていたので、フィリピンの防衛には、力を入れなかった。その代わり、フィリピンの政治家、実業家などの有力者と戦争中からコネクションを作っておいて、戦後になると、その人脈を生かしてフィリピンと日本の共同経営の会社を作って、成功しているんです。その孫が今回殺された中山正昭です」

「ええ、知っていますよ。そのくらいのことは、ちゃんと、調べてありますから。特に、中山勝之がフィリピンの防衛を任されたのに、どうせ戦争に負けるんだからといって、命令されていた防衛努力を、何もやらなかったというのが面白いと思って、その件もノンフィクションで書くつもりです」

と、伊東が、いう。

「しかし、中山正昭も、殺されてしまい、あなたも、命を狙われた。怖くはありませんか？」

と、亀井が、聞いた。

「しかし、すべて、僕とは何の関係もないことなんですよ。僕はただ、グリーン車の切符を買って、それをグランクラスの切符と交換した、それだけの話ですからね。僕を殺す理由なんてないんだから、平気ですよ」

「失礼ですが、どこの出版社から、原稿を頼まれているんですか？」

と、十津川が、聞いた。

「N出版ですよ。そこの担当者がやって来て、ぜひ、書いてくれといわれたんです。もう百枚ほど書いて、渡してあります。なかなか面白いといわれて、評判も、いいようですよ」

と、伊東が、いう。

「N出版ですね？」

「ええ、そうですよ。担当の人は、いかにも出版社の人という感じの、頭の回転が速くて、話の、面白い人です。僕も完全に、彼のペースに乗せられました」

と、伊東は、嬉《うれ》しそうに、笑った。

N出版というのは、大きな出版社で、十津川も、その名前はよく知っていた。ベストセラーを何冊も出していたが、しかし、その一方で、キワモノの本を出すことでも、有名な出版社である。

何となく、怪しい気がした。そこで、伊東雅人と別れると、新橋《しんばし》にあるN出版に行ってみた。

Ｎ出版の出版部長に会うと、確かに今回の事件についての原稿を、伊東雅人に頼んでいるといった。

「今回の事件では、すでに何人もの人間が死んでいます。だから、われわれ警察が捜査に、乗り出しています。伊東雅人さんに原稿を頼んだことで、何か心配なことは、ありませんか？」

と、十津川が、聞いた。

「大丈夫だと、思いますよ」

「どうしてですか？」

「原稿を頼んだ伊東雅人さんは、別に殺人事件と、関係しているわけではありませんからね」

と、出版部長が、いった。

十津川から見れば、気楽すぎる感じがした。

「こちらでも、いろいろと、資料を探してきて、伊東さんに、渡しているんじゃありませんか？」

「もちろん、こちらで、調べたことは、資料にして、全部、伊東さんに、渡しています。伊東さんは、自分が買った金沢行きの『かがやき』のグリーン車の切符と、グランクラスの切符を、取り替えたことが、事件を引き起こした一番面白いところだというので、そこを、強調して書いてくれるようにと、彼には、頼んであります」

「しかし、その件が、今回の殺人事件に結びついていると、われわれ警察は、考えているんですが、その辺の心配はないんですか？」

十津川が、繰り返して、聞いた。

「別に心配するようなことは、何もありませんよ」

「そこが、今回の事件の核心ですし、また、どこかで太平洋戦争と関係がありそうなので、その方の心配はありませんか？」

十津川が、続けたが、出版部長は、

「少しばかり、危ないからこそ、面白い本になるんですよ。安全第一では、売れませんよ」

と、笑った。

十津川は、

「いずれにしても、なるべく注意するようにして下さい」

次の捜査会議で、十津川は、その不安を口にした。

「伊東雅人が狙われた理由は、明らかに彼が雑誌『鉄道時代』の記者として、三月十四日の北陸新幹線開業の日、編集長に命令されて金沢行きの一番列車で、取材をしているからです。取材そのものは、別に、人を怒らせるようなものではなく、車内で伊東雅人が、誰かとケンカをしたということでも、ありません。となると、やはり伊東雅人が、中年の男と切符を取り替えた、そのことが事件に関わっているのではないかと、私は考えます。伊東雅人は、金沢行きのグリーン車の1Bの切符を買い、それを、中年の男が持っていたグランクラスの切符と取り替えたことに、事件のカギがあると、考えています。なぜなら、伊東雅人が、最初に買った金沢行き『かがやき』の切符ですが、この隣りの1Aの座席で、中山正昭という男が殺されているからです。少し飛躍して考えれば、最初から何者かが、フィリピンのセブ島に住んでいる中山正昭を東京に呼び出し、三月十四日の開業記念の日に一番列車のグリーン車の1Aに乗せておき、隣りの1Bの切符を、犯人が何とかして手に入れて、金沢まで行く間に、隣席に座った中山正昭を殺しました。この殺人は、前々から計画していたと思われます。ところが、肝心の1Bの切符を雑誌社の記者、伊東雅人に買われてしまったので、それを、交換で取り返し、犯人は、1Bの座席に腰を下ろして、隣りの1Aの中山正昭を、殺したというわけです。今のところ、私の推測でしかありませんが、間違っていないと、思います。切符を取り替えた伊東雅人にも問題があります。犯人は、中山正昭の暗殺計画がスムーズに実行されていたら、中山正昭を殺しただけだったと思います。しかし、問題の切符を、伊東雅人が買ってしまった。その切符をグランクラスの切符と、無理やり交換し、最初の計画どおり、フィリピンのセブ島から、招待した中山正昭を、1Aの座席に座らせておいて、殺してしまった。そこまではいいのですが、たぶん、この事件を計画した犯人が、単独犯なのか、複数犯なのかわかりませんが、伊東雅人という人間の存在が、心配になってきたのではないかと思われます。彼は雑誌の記者ですから、社長や編集長に頼まれれば、三月十四日の北陸新幹線開業の日のことを、あれこれと取材するでしょう。それが心配になった犯人は、まず、伊東雅人という男が何者かを調べるために、中学生に、カメラを買い与えて、伊東雅人の写真を撮らせました。そして次には、十九歳のトラック運転手を使って、伊東雅人を轢き殺そうとしたのですが、失敗してしまいました」

5

十津川が、説明を続けた。

「次は、戦争との関係です。殺された中山正昭のことをいろいろと調べていくと、彼の祖父、中山勝之は太平洋戦争中、敗色の濃かったフィリピンの防衛を任されていたことがわかりました。この中山勝之のことを調べていくと、セブ島で一万二千人の兵士を統率し、セブ島の防衛に、当たりながら、フィリピン全体の防衛に当たる司令官と陸大の同期なので、大本営は、二人が協力して、フィリピンの防衛に当たってくれるものと期待していたようです。ところが、この中山中将は、すでに日本の敗北は決まっている。これ以上、フィリピンでアメリカ軍と日本軍とが戦えば、日米の双方の死傷者がさらに増えるだけでなく、フィリピンの国民にも被害が出る。多数の犠牲者を出すことになりかねない。今からフィリピンの防衛に力を尽くしたところで、何の意味もない。戦争は、まもなく終わるから、今から日本とフィリピンとの間に、友好関係を築いておいたほうがいいと、考えたわけです。そこで、セブ島にいるフィリピンの実業家ロドリゲスと親交を結び、首都マニラに行っては、有力な政治家、財界人、上流階級の人たちなどとも積極的に付き合い、大本営から防衛の強化を指示されてもその努力は、まったくやらず、毎日のように、フィリピンの実力者と食事をしたり、ゴルフを、楽しんだりしていました。マニラ市内に、自分の愛人を、住まわせていたというウワサもあります。大本営陸軍部の参謀本部では、中山中将の態度や行動に、腹を立て、彼を更迭して、予備役にまわしてしまいました。その跡を継いだのは、フィリピン全土の防衛を、任された山下大将です」

「そこから先の話は、山下大将の話として、何冊か、本を読んでいるから、説明の必要はない。私が知りたいのは」

と、三上本部長が、十津川を見た。

「更迭され、予備役にまわされた中山勝之元中将と、今回、北陸新幹線『かがやき』の車内で殺された中山正昭との関係だ。もちろん、二人が実の祖父と孫であるということはわかっているが、なぜ殺されたのか、その点についての君の考えが、聞きたい」

と、三上本部長が、十津川に、いった。

6

「今も申し上げたように、セブ島一万二千人の守備隊の司令官になった中山勝之元中将ですが、戦争は終わった、もうこれ以上の死傷者を出す必要はないといって、防衛努力をしようとしなかったので、更迭されて予備役にまわされてしまいました。しかし、今の時点で見れば中山元中将の、考え方は、実に、正しかったと評価します。フィリピンで戦い、沖縄で戦い、最後に、本土決戦まで行ったとしても、日本に、勝ち目はまったくなかったからです。それならば、一刻も早く戦争を止《や》めて、日本とフィリピンの関係を考えておいたほうがいいという中山元中将の見方は、的確で、正しかったわけです。しかし、軍隊というものは、理屈では、動かない。敗北が確実でも、最後の最後まで、全力を尽くすのが軍人ではないのか？　そう考える人が多く、中山元中将と、同じく陸軍士官学校から陸軍大学校に進んだ優秀な軍人たちから見れば、中山元中将は、どうしようもない愚か者であり、軍人でありながら、軍人としての任務を放棄した卑怯者《ひきょうもの》でしかなかった。そのため予備役になったあと、中山元中将は、何者かに、殺されてしまいました。元の部下に殺されたといわれますが、わかりません。犯人と思われる人間も、すでに死んでいると思われるからです。息子の中山正之は、日記にこう書いています。『父のことを卑怯者と呼んだり、もっとも愚かな将軍といってバカにしたあげく、殺してしまった。そんな日本に失望したから、自分はセブ島で、余生を送りたい』、とです。そして、その息子で勝之の孫の正昭は東京にやって来て、三月十四日に北陸新幹線のグリーン車内で、殺されてしまいました。中山勝之と正昭をどうしても、許せない人間がいて、単独犯なのか、グループ犯なのかはわかりませんが、二人を殺したに違いありません。今回の事件の発端となった雑誌『鉄道時代』の記者、伊東雅人の口を、封じようとしたのも同じ人間だと考えています」

7

十津川と部下の刑事たちは今、二つの壁にぶつかっていた。

その一つは、北陸新幹線の車内で殺された中山正昭のことである。

第二の問題は、戦後間もなく金沢で殺された、中山正昭の祖父、中山勝之元中将の事件である。現在迷宮入りしている。

「なぜ、中山元中将は殺されたと思われますか?」

と、亀井が、十津川に、聞く。

十津川も亀井も、もちろん戦後の生まれで、戦争の経験はまったくない。したがって、セブ島の防衛とフィリピン全体の防衛を期待されていたにもかかわらず、まったく、その気がなく、それが参謀本部の怒りを買い、更迭されて、予備役にまわされた中山元中将を、いったい誰が、殺す必要があったのかということが、二人には実感としてわからないのである。

「われわれが考えると、予備役にまわされた中山元中将を殺す必要なんかありませんよ。私は戦争を知らないし、平和な時代に、生まれて育っていますから、その観点からしか、事件を見ることはできませんが、それにしても、予備役にまわされて何の力もなくなった元中将を、どうして殺す必要があったのかわかりません」

と、亀井が、いうのだ。

十津川が、答える。

「私もカメさん同様、戦後の生まれで、戦争の厳しさといったものを、実感することができない。特にフィリピンの戦いや沖縄の戦いになると、例えば、神風特別攻撃隊とか集団自決といわれても実感がない。そのうえ、中山元中将は、戦後になってから殺されているんだ。平和になってからだ。だからいっそう、わからない」

「私の考えをいっても構いませんか？」

と、女性刑事の、北条早苗《ほうじょうさなえ》がいった。

「もちろん構わないよ。遠慮なく、君の考えを話してくれ」

十津川が、促した。

「私は、中山正昭に拘《こだ》わりました。彼を誰が殺したではなくて、彼が、日本に失望して、フィリピンのセブ島で余生を送るといったことにです」

と、早苗がいった。

「具体的にいうと、どういうことなんだ？」

「セブ島でというか、フィリピンで、どんな生活を送るつもりなのか。国籍はどうするのか、フィリピンは、カソリックですから、カソリックに、改宗するのか、フィリピンの女性と結婚するのかといったことですが、私が一番気になったのは、宗教でした」

と、早苗がいう。十津川は、ちょっと、虚を突かれた感じで、

「それで、何かわかったのか？」

「中山家というのは、金沢の旧家で、金沢郊外の信念寺《しんねんじ》が中山家の菩提寺《ぼだいじ》になっています。彼の祖父、勝之の墓も、この寺にあります」

と、早苗が、いう。

十津川は、まだ、早苗が何をいいたいのか、わからなかった。

「セブ島で死ぬと、決めた中山正昭は、先祖というか、祖父、勝之の供養をどうするんだろうかと思いました。彼が、死んでしまったので、私は、信念寺に電話して、聞きました。住職の話では、正昭は、セブ島に住んでも仏教を信仰するといっていたそうです。ただ、お墓参りに、いちいち日本に来るのは大変だといっていたそうです。ところが、フィリピンに住む日本人が多くなってきたので、最近、マニラ市内に、日本人の住職のいるお寺が生まれたというのです。それも、曹洞宗《そうとうしゅう》で、金沢の信念寺と同じ宗派だというのです。そこで正昭は信念寺に対して、祖父、勝之は、フィリピンが好きだったので、祖父だけでも、金沢の信念寺から、マニラの信心寺《しんじんじ》に分骨して貰《もら》いたいと、電話してきたというのです。住職は、了解しましたが、この時には、肉親の立ち会いが必要だし、もちろん、金沢

信念寺の住職も、立ち会わなければならない。それで、三月十五日が、双方に都合がいいということになったというのです。ですから、中山正昭は、三月十四日の北陸新幹線に乗るために来日したのではなく、翌三月十五日に、父の遺骨を、分骨する儀式に出席するために、やってきたことが、わかりました。また、海外の寺に分骨するので、いろいろと、手続きがあって、どうしても、前日から来日する必要があったそうです」

「いいね。眼のつけどころがいい」

と、十津川は思わず、早苗を誉《ほ》めた。

これで、中山正昭が来日した理由が、わかったのである。

「君は、金沢の信念寺の住職に会っているのか？」

と、十津川が、早苗に聞いた。

「いいえ。すべて、電話です」

「それなら、すぐ、住職に会いに行こう。しっかりと、確認したいからね」

と、十津川は、いった。

開業以来大人気で、なかなか切符が入手できなかった北陸新幹線もだいぶ落ち着いてきて、三人分の切符は、かなり簡単に、買うことができた。

十津川、亀井、そして、北条早苗の三人は、東京発金沢行きの「かがやき」に乗って、金沢に向かった。

東京から金沢まで、最短のダイヤで二時間二十八分、あっという間だった。

一三時着、金沢で降りると、三人はタクシーに乗り、信念寺に行ってほしいといった。

北条早苗刑事は、あまり自信がないようだったが、タクシーの運転手が行き先が信念寺と聞いて、すぐに、車を発進させたところを見ると、金沢では、有名な寺なのだろう。

金沢は城下町である。だから、東京や京都と同じように、市内には、寺が集中している地区が存在する。その地区の外れにあった信念寺は、古刹《こさつ》らしい顔を持っていた。

三人は、すぐ住職に会った。座敷に通されると、住職の奥さんが、お茶と和菓子を、用意してくれた。

北条早苗が、電話のお礼をいい、十津川が、中山家のお墓のことを、聞いた。

「中山家というのは、代々、この信念寺が菩提寺でして、中山家代々のお墓が、あります。一服されたら、ご案内しますよ」

と、住職が、いってくれた。

墓は、日当たりのいい斜面に並んでいる。その一角に「中山家代々之墓」という文字が刻《きざ》まれた大きな墓石があり、そのそばに「中山勝之墓」と書かれた、小さな墓が、あった。

「本当でしたら、もっと大きなお墓を建てたかったと思いますが、何しろ、普通の死に方ではありませんでしたからね。ご遺族や関係者の方が、遠慮されて、少し小さめのお墓を作ったんです」

と、住職が、いった。

そのあとでも、住職が、いろいろこちらの質問に答えてくれた。

「中山元中将は、確か昭和三十年でしたか、その年に、金沢市内で、殺されたんでしたね？」

と、十津川が、聞いた。

「ええ、そうです。事件は、迷宮入りになり、犯人は、いまだ捕まっておりませんが、おそらく、もう、亡くなっているのではありませんかね？　犯人は、フィリピンで、中山さんの部下だったといわれていますが、その後自殺したらしいというウワサもありました」

と、住職が、いう。

「墓石の一部が欠けていたようでしたが、どうしたんですか？」

と、亀井が、聞いた。

「おそらく、犯人は、夜中にやって来て、金づちか、ハンマーで叩《たた》いて壊そうとしたのではないかと、思いますね。今でも金沢は、サムライ精神が強くて、そのため、中山元中将は、金沢の面汚しだとか、情ないとかいう人がいたり、愚かな将軍の墓なんか必要ないという投書もあったりするんです」

と、住職が、いった。

早苗が分骨の話をすると、

「ええ、そういう話は、事前に聞いておりました。ですから、お墓の周りを、清掃して、お孫さんがいらっしゃるのを待っていたのですが、あんなことになってしまって。何しろ、北陸新幹線の車内で殺されてしまいましたからね」

「新幹線の中で死んだお孫さん、中山正昭さんから、分骨の話が、あったわけですね？」

「そういうお話を聞いていました。何でも、マニラ市内に信心寺という曹洞宗のお寺ができたので、祖父、中山勝之の遺骨を、マニラ市内の、そのお寺に、移したい。前々からそういう希望を持っておられたらしいです。まあ、墓石が欠けているのを見たら、当然かも知れません。こちらとしては、そういうことでしたら、ご協力したいと申しあげていたんですが、肝心の中山正昭さんが殺されてしまって――」

「そうすると、北陸新幹線の中で殺された中山正昭さんのお墓は、ここにはないんですね？」

亀井が、聞いた。

「これもウワサで、聞いたんですが、殺された中山正昭さんは、もう日本には住む気がしない。フィリピンのセブ島で、余生を送り、そこに墓も、建てるつもりだと、いっておられたそうです。最近は、そういう方が多くなりました」

十津川たちは、住職に、礼をいって信念寺を出てから、石川県警の、坂本《さかもと》警部に会うことにした。

9

こちらでの捜査は、坂本警部が中心になってやっているからである。

坂本警部は、十津川たちを見ると、ニッコリして、

「東京から、わざわざ、三人もお出《い》でになったところを見ると、いよいよ、本件も、解決ですすね？」

と、いう。

十津川は、慌てて、

「残念ながら、まだ、そこまで行っておりません」

と、いい、信念寺の住職に聞いた話や、その寺に、中山家代々の墓があったり、中山正昭の祖父、中山勝之の、小さな墓があることなどを、坂本警部に、話した。

分骨の話は、坂本も、初耳だったらしく、

「それで、中山正昭が、来日していた理由が、わかりました」

「殺された中山正昭は、祖父の勝之の分骨だけでも希望していたようです」

「そうでしょうね」

と、坂本は、肯《うなず》いて、

「その気持ち、わかりますよ。中山勝之のお墓をご覧になったでしょう？」

「見ました。墓石が、欠けていました」

「今でも、大楠公《だいなんこう》精神が生きているんですよ」

「大楠公というと楠木正成《くすのきまさしげ》ですか？」

「敗北が、必至になってくると、お偉方は、誰も彼も、大楠公精神を、口にしはじめたといわれるんです」

「どういう精神なんですか？」

「楠木正成は、敗北が濃くなった時、敵の足利尊氏《あしかがたかうじ》が、十万の大軍で、九州から、攻め上ってきた。その時、正成は、天皇から命令されると、わずか数百騎で、足利の大軍を、湊川《みなとがわ》に迎え撃ち、壮烈な最期《さいご》をとげたといわれます。天皇の命令なら、死を覚悟して、数百騎で、十万の大軍を迎え撃つ。これが、大楠公精神というわけです」

「わかります。私は日本人だから」

と、十津川は、いった。

どこかで、日本人は、死を美しいと感じてしまうのか。

10

東京に戻ると、十津川は、三上本部長に、報告をすませたあと、

「来週から、捜査に、太平洋戦争が、入ってきます」

と、いった。

「しかし、もう戦後七十年だよ。それでも、戦争が捜査に、入ってくるかね」

「ミスター・ロドリゲスと、娘さんが、国賓待遇で来日します」

「それは知っている。しかし、娘さんは、かなりのお年だし、ミスター・ロドリゲスは、百歳を超えた老人だろう?」

「そうですが、フィリピンは、戦場だった国です。フィリピンの人にいわせれば、日本とアメリカという二頭の巨象が暴れて、フィリピンという小さな蟻《あり》が危うく踏み潰されそうになった。それが、フィリピン人から見た太平洋戦争だそうです」

「小さな蟻か」

「それが、フィリピン人から見た太平洋戦争なんです。ですから、いやでもロドリゲス父娘が、本当の戦争を持ち込んできますよ」

と、十津川は、いった。

第六章　平和と戦争と

1

フィリピンの実業家、ミスター・ロドリゲスと、アリサ親子の来日まで、もう一週間を切っていた。

今回の訪日は、商工会議所の招待によるものだが、政府としても太平洋戦争中、また、戦後でも多くの日本人が、ミスター・ロドリゲスに、世話になり、助けられたことから、政府の賓客《ひんかく》としても、接待することになった。

しかし、歓迎の声ばかりではなかった。

その不安は、太平洋戦争まで遡《さかのぼ》らなければ、ピンと来ない。

昭和十六年十二月八日の開戦とともに、日本軍は、いっせいに、東南アジアに侵攻した。フィリピン、インドネシア、ベトナム、マレーシア、ビルマと、次々に占領していった。インドネシアなどは、日本軍を解放軍として歓迎した。

しかし、フィリピンの場合は、違っていた。その頃、日本陸軍の宣伝班の責任者が、フィリピン人を、どう見ていたか。

「フィリピンは、最初スペインの植民地となり、ついで、アメリカの植民地になった。アメリカから搾取《さくしゅ》されていたにもかかわらず、アメリカに与えられた享楽的なアメリカ文化、英語を使い、ジャズに酔い、アメリカ車を乗りまわしていた。茶色いアメリカ人になって喜んでいたのである。自分たちが、アジアの一員であることを忘れたあわれむべき人々である。われわれと彼らが、一刻も早くアジアの一員であることの自覚に、立ち返って欲しいと念じている」

この日本人（特に占領した軍人）の軽蔑《けいべつ》が、苛酷《かこく》な軍政になった。

具体的にいえば、当時のフィリピン通貨を禁止し、日本軍の軍票を通用させて、猛烈なインフレを招き、一時は、物々交換を余儀なくされた地方もあったという。

フィリピンの主な産物は、砂糖キビだった。それから作った砂糖を輸出し、その利益で、米、小麦などを、輸入していた。フィリピンを占領した日本は、砂糖キビの畑を潰し、木綿《コットン》の栽培を命じた。もちろん、日本政府が、木綿を必要としたからである。

木綿栽培は、失敗した。フィリピン人は、初めて木綿を育てるのだし、気候も土壌も、木綿に合っていないのだから、当然である。このため、砂糖を米、小麦などと交換することができず、猛烈な飢餓《きが》に襲われた。

フィリピン人は、自然に反日的になり、抗日ゲリラが生まれ、アメリカ軍が、自分たちを、日本軍から解放してくれると、期待するようになった。

抗日ゲリラの数は、最盛期には、三十万人だったともいわれる。

こうなると、日本軍は、アメリカ軍と戦う前に、ゲリラと戦わなければならなくなった。そのため、ゲリラと見れば、逮捕し、時には、証拠なしに処刑した。さらに、ゲリラが隠れていた村を、焼き払ったりもした。そうなると、ゲリラ側も、一人か二人でいる日本兵を襲撃して殺した。

こんな空気の中で、ミスター・ロドリゲスは、終始日本軍と友好的な態度をとっていたが、逆に、裏でゲリラをかくまっているのではないかとか、アメリカ軍と短波を使って、連絡し合っているらしいというウワサも絶えなかった。

中山中将は、笑って取り合わなかったが副官や憲兵は、しばしば、ミスター・ロドリゲス本人や、その親族を、逮捕し、時には、拷問《ごうもん》した。その拷問で、ロドリゲス家の若者の一人が、死んでいる。

来日したミスター・ロドリゲスがそうした戦争中の話をしたら、あわてふためく人も出るのではないか。

現在、日比合弁会社の社長だったり、幹部だったりする人たちの中には、祖父の話をしたがらない者がいる。

その人たちの祖父は、たいてい、太平洋戦争で、フィリピンを舞台に、アメリカ軍と戦っている。

激戦で、初めて、神風特別攻撃隊が生まれている。レイテ決戦である。しかし、フィリピンの人にいわせれば、アメリカと日本という巨象が二頭、勝手に他人の土地で暴れて、小さな蟻《あり》を何匹もふみ潰したのだ。

もし、太平洋戦争について、正確な歴史を書くことになれば、何よりも、踏み潰された蟻についても、きちんと記述すべきだし、どちらの象が犯人かも、きちんと書くべきなのだ。

十津川は、同じことを考えて、別の期待も持った。この一週間で、今回の事件が大きく動くのではないかという期待と予感である。

依然として、今回の殺人事件の全貌が、見えてこない。犯人が、単独犯ではないことは想定していたが、どんなグループなのかが、つかめないのである。想像ができないわけではない。

日本を捨て、フィリピンのセブ島に永住を決めていた、中山正昭を、わざわざ来日させ、三月の十四日、北陸新幹線の開業の日に一番列車の中で、殺したことから考えて、フィリピンに、何らかの関係のあるグループに違いないし、中山正昭の祖父で、フィリピンの防衛に当たっていた、中山勝之元中将とも、関係があるであろうことは、容易に想像できる。

ただ、事件の周囲に、おかしな連中が何人かいて、正直にいえば、彼らが、捜査の邪魔になっているのだ。

その一人が、鉄道雑誌の記者だった伊東雅人である。

伊東雅人は、その年齢から、太平洋戦争とは関係がないし、フィリピンとも、関係がない。それにもかかわらず、今回の殺人事件の重要な、関係者の一人になっている。

犯人は、伊東雅人が、手に入れた東京発金沢行きの北陸新幹線の一番列車の切符が必要だった。正確にいえば、グリーン車の1Bの切符である。伊東雅人から、その切符をグランクラスの切符と交換して、中山正昭を殺したのだ。

そのため、伊東雅人は、今回の殺人事件と、強い関係ができてしまった。それにもかかわらず、なぜか、伊東雅人は、のんびりとしているし、おまけに北陸新幹線の特急「かがやき」の車内での殺人事件について、N出版から頼まれて、原稿を書くつもりだという。

しかも、その本は、売れそうだという。理由は一つしか考えられない。伊東が事件にからむ何かを目撃していてそれを、書き入れるということである。

十津川の目から見れば、いかにも、危ない話である。

今回の事件の犯人は、伊東雅人から北陸新幹線「かがやき」のグリーン車の切符を手に入れて、それを使って中山正昭を殺したのだから、それについて、伊東雅人が、あれこれと書けば、犯人たちの心中は、穏やかでないに決まっている。

それなのに、なぜ、伊東雅人は、N出版から、注文を受けて、危ない原稿を書こうとしているのだろうか？

十津川には、それが、理解できないのである。

ミスター・ロドリゲスの来日まで、一週間を切って、あと六日という日に、捜査会議が、開かれた。

その席上、十津川は、伊東雅人に対する不安を、口にした。

なぜ、伊東雅人が、不安もなく平気で本を出そうとするのか、それについて、十津川は、自分の考えを、口にした。

「伊東雅人は、今回の殺人事件について、重要な関係者の一人に、なっています。ところが、伊東雅人は、最初から、われわれの捜査に非協力的な態度を、取り続けています。また、伊東雅人の行動に絡んで、中学生が、不審な死を遂げ、伊東雅人を轢《ひ》き殺そうとした、十九歳のトラック運転手も死にました。それにも、かかわらず、伊東雅人本人は、不安を感じていない様子で、今回、事件に絡んで原稿を書こうとしています。伊東雅人が、なぜ、そんなことをして、平気なのか？　私なりに考え、一つの結論に達しました」

「どんな結論かね？」

三上本部長が、聞いた。

「伊東雅人が本を出す理由は一つしか考えられません。それは金です。伊東雅人から、問題の切符を手に入れた犯人は、このことを彼に口外されることを、恐れて、最初、彼を殺そうとしました。しかし、それが失敗すると、今度は、伊東雅人を、買収することにしたのではないかと考えられるのです。伊東雅人は、犯人から金をもらったことはないと、いっていますが、まったく、信用できません。

伊東雅人は、犯人が自分を恐れて、金を払ったと、思い込んでいるふしがあります。つまり、犯人は、自分のいうことなら、何でも聞くと、思っているのです。それで、今度は、事件に関係した、というか、自分が、わかっていることを、まとめて、N出版から本にして、出そうとしています。この本は売れるだろうし、犯人は、何もできないと、タカをくっているのです。あるいは、犯人が、大金を出して原稿を買い取ると計算しているのかも知れません。彼の行動を見ている限りでは、そうとしか思えないのです」

「私も、君の意見に賛成だが、犯人が、伊東雅人に、金を払ったという証拠は、ないんだろう？」

「つい先日まで証拠は、何も、ありませんでしたが、ここに来て、有力な証言が、得られたのです」

「どんな証言だ？」

「伊東雅人が、口座を持っているK銀行の支店長から、あの事件のあと、伊東雅人の口座に一千万円が、振り込まれたというのです。その一千万円は、すぐ伊東雅人が、全額下ろしてしまい、このことは誰にもいわないでほしいといわれていたというのです。犯人から、一千万円もの大金を受け取った伊東雅人が、さらに、犯人を脅《おど》して、金を取るために、N出版から本を出そうとしている。間違いないと思います」

この十津川の言葉に、三上本部長が、さらに質問を、ぶつけてきた。

「そうなってくると、伊東雅人という男の身辺が、ますます、危なくなってくるんじゃないのか?」

「本部長の、おっしゃるとおりです。伊東雅人は、かなり危険な状況にあると、考えていいと思います。それで、伊東雅人の周辺の警護を、厳重にするようにと、刑事二人に、命じています。ですから、犯人が、伊東雅人に対して、何らかの行動に出れば、その時、犯人を、逮捕できるかもしれません」

十津川は、さらに、別の不安についても言及した。

「それに、もう一つ、心配なことがあります」

「それは何だね?」

「問題の北陸新幹線『かがやき』のグリーン車の切符1Bを、伊東雅人から手に入れた男のことです。中年の男ですが、この男は、北陸新幹線の車内で、中山正昭を、殺した犯人とは思えません」

「どうしてかね? その男は、嫌疑が、もっとも濃いんじゃないのかね?」

「私は、そうは、思いません。なぜなら、この男は、伊東雅人から、グリーン車の1Bの切符を手に入れる時に、顔を見られているからです。伊東雅人は、雑誌『鉄道時代』の記者として、取材のために三月十四日の東京発金沢行きの北陸新幹線の一番列車に、乗り込んでいたこともわかっていましたから、顔の知られた中年男に、中山正昭を、殺させようとはしないと思うのです。ですから、この男は、問題の切符を手に入れるためだけに、犯人に雇われたのではないかと思うのです。伊東雅人が出す本には、自分が手に入れたグリーン車の切符、1Bの切符を、ある男に、頼まれて、同じ列車のグランクラスの切符と交換したことも、書くに違いありません。そうなると、犯人にとってこの男の存在が、危険なものになってきます。つまりこの男も、伊東雅人と同じように、危険な状況に、置かれているのではないかと、思うのです。この男が、いったい何者なのか、それを懸命に、捜査中です」

「それで、何とかわかりそうなのか？」

と、三上本部長が、聞いた。

捜査会議のあと、十津川は、伊東雅人の身辺警護を、強化するとともに、伊東雅人から「かがやき」のグリーン車の切符を、手に入れた中年の男を見つけ出すことに、重点を、置いた。

その切符は、北陸新幹線開業の日、三月十四日の、東京発金沢行きの一番列車「かがやき」の、グリーン車の1Bの切符である。この列車には、グリーン車は一両しかついていない。

十津川は、犯人たちの立場になって、考えてみた。

日本を捨てフィリピンのセブ島で余生を送ろうと決心した中山正昭は、中山家の墓をフィリピンに、新しくできた曹洞宗《そうとうしゅう》の寺にも分骨しようと考え、三月十五日に金沢市内の信念寺《しんねんじ》に行くことに決めていた。

寺に行き住職に会う時間まで決めていたので、中山正昭は、三月十四日の北陸新幹線の一番列車で、金沢に行きたいと、思ったのだろう。

確かに、日本を捨ててしまった中山正昭だったが、しかし、日本のことは気になっていたに違いない。そして、郷里の金沢のこともである。

東京からその金沢まで、北陸新幹線が開通するとあれば、中山正昭が、その一番列車の「かがやき」に乗りたいと考えたとしても不思議ではない。

そこで、彼は何とかして、その一番列車のグリーン車の切符を手に入れようとしたに違いない。その切符の入手を、中山正昭が、誰に頼んだのかはわからない。

しかし、彼は、一人で金沢に行くのだから、グリーン車の1Aの切符しか必要なかった。

犯人はそれを知って、何とかして、隣りの、1Bの切符を手に入れようとした。

中山正昭が1Aの切符を手に入れたことが、なぜ、犯人たちに、わかったのか？

それはたぶん、中山正昭が、鉄道マニアの誰かに頼んで、その切符を手に入れたからだろうと、十津川は考えた。

そこで、犯人たちは、その隣りの1Bの切符を同じように、鉄道マニアの人間に、頼んだのではないのか？

とすれば、東京駅で、1Bの切符を買い損《そこ》ね、伊東雅人から、交換で手に入れた中年の男も、おそらく、犯人の仲間ではなくて、鉄道マニアなのでは、ないだろうか？

そこで、十津川は、刑事たちに、鉄道マニアのなかで特に、新しい列車に一番乗りすることをモットーとしている人間を探して、当たってみることを命令した。

一口に鉄道マニアといっても、いろいろな種類があるらしい。昔は単純なマニアの集まりだったが、最近は、かなり複雑化していて、例えば、全国の無人駅ばかりまわって写真に、撮っている秘境駅マニアもいれば、廃駅ばかりを撮っているマニアもいる。

そんななかで、一番列車に、必ず乗ることを信条としているグループがいることがわかって、その代表者に十津川は会って、話を聞くことができた。

それは「レールウェイクラブ」という名前の、二十人ほどのグループだった。東京の人間が多いが、半数の十人は、バラバラに日本全国に住んでいる。

このクラブの代表者は、黒川《くろかわ》という四十歳のサラリーマンである。

黒川は、十津川に会うなり、

「ウチは、新しい新幹線や列車が走るとなれば、必ず、一番列車に、乗ることを信条にしています」

と、自慢した。

「三月十四日、北陸新幹線開業の日の東京発金沢行きの一番列車の切符、それもグリーン車の切符ですが、それを手に入れようとして、東京駅の窓口に並んだ中年の男性がいるのです。この人は最初、『かがやき』のグリーン車の1Bの切符を手に入れようとしていたのですが、うまく行かず、仕方なくグランクラスの切符を買い、それを問題の切符を手に入れた人間と、交換しています。この男性ですが、もしかして、あなたのグループの人ではないかと考えたのですが、黒川さんに、心当たりの人間はいませんか？」

途端に、黒川は、渋い表情になった。顔色の変化で、十津川は、自分の指摘が当たっていることを、直感した。

「やはり、あなたのグループのメンバーのなかに、この人が、いるんですね？」

十津川が、重ねて聞くと、黒川は、

「その、人でしたら、確かに、ウチのクラブのメンバーでした。しかし、先日、除名しました」

「除名？　どうして、そんなことを、したんですか？」

「私たち『レールウェイクラブ』のモットーは、列車を、愛する人間の集まりであることです。ですから、新しい列車が走る時には、自分で並んで切符を買います。その切符を使って、一番列車に乗って、楽しむことが、私たちにとって、このうえない喜びなのです。買った切符で、一番列車に乗らず、それを、他人に売って、金儲《かねもう》けをすることは、最初から禁止しています。かまわないとなってしまうと、それは列車を愛していると、いうよりも、金儲けを、愛していることに、なってしまいますからね。十津川さんがいう問題の男性ですが、たぶん、うちの会員だった人間で二人います。先日、除名になった二人だと、思いますが、この二人は、三月十四日の、北陸新幹線の一番列車の切符を、自分たちが、乗ろうとして買ったのでは、なかったんです」

「と、いうのは？」

「誰かに頼まれて、『かがやき』のグリーン車の切符を、手に入れようとしたが、うまく行かなかった。しかし方法は他にもあると考えて、グランクラスの切符を買って、それをグリーン車の切符と、交換したんです。しかし、交換した切符を、使って、一番列車のグリーン車に、乗れば、何の問題もないのです。それなのに、この二人は、やっと、手に入れたグリーン車の切符を、誰かに高額で、売ってしまったのです。そのため私たちの会報には、北陸新幹線の同乗記は、肝心の一番列車の原稿がなくて、一週間後の、同乗記になってしまったんです。それは私たちマニアのグループにとってとても恥ずかしいことなんです。今まで新幹線、あるいは、寝台列車など、すべての、一番列車に乗って、同乗記を、会報に載せているんです。その歴史が途切れてしまいました。私たちは、この二人を、会の規約に反したという理由で、除名処分にしました。ウチの会で除名処分を受けたのは、今回の二人が、初めてですよ」

「その二人の名前を、教えてもらえませんか？」

十津川が、いった。

その結果、二人の名前が、わかった。

一人は、片桐敬三《かたぎりけいぞう》、五十歳。そしてもう一人は、三木裕介《みきゆうすけ》、五十一歳。二人とも中年である。

どちらも東京に住んでいて、二人とも旅行好きの、平凡なサラリーマンだと、黒川が、いった。

「二人とも、今までは、純粋に、鉄道を愛するマニアだったのです。会員は、全員、純粋に列車が大好きです。繰り返しますが、二人は、今回の件でもう純粋に列車を愛し、駅を愛している人間とは、いえなくなったので、除名したわけです」

黒川が、重ねて、いった。

二人の住所は、東京だが、世田谷《せたがや》区と墨田《すみだ》区に、分かれていた。

十津川はすぐ、二人ずつ刑事を、世田谷と墨田の、二人の住所に、向かわせた。

その結果、三木裕介は、引っ越しをしてしまっていて、行方がわからなかったが、片桐敬三のほうが世田谷のマンションに住んでいたので、すぐ捜査本部に、来てもらった。

責任者の黒川がいっていたように、どこにでもいそうな中年のサラリーマンだった。

十津川は、なるべく相手を、脅かさないように注意をしながら、話を聞いた。

「三月十四日に、開業した北陸新幹線のことで、お聞きしたいことが、あるんですが、開業の一ヶ月前に、東京発金沢行きの一番列車の切符を、買うために、三木裕介さんと一緒に、東京駅の窓口に並びましたね？」

と、十津川が、聞く。

「確かに、並びましたが、それが何かいけなかったんですか？　警察に呼び出されなくてはいけないようなことでしょうか？」

と、片桐に聞かれて、十津川は、笑って、

「いや、われわれは、そのことを問題にしているわけでは、ありません。この私だって、あなたほどではありませんが、ちょっとした鉄道マニアですから、新しい列車が走ったりすると、休暇を取って乗りに行ったりすることもよくありますよ。確かに、鉄道は楽しいですよ」

相手が黙っているので、続けて、十津川が、

「もう一度確認します。片桐さんと三木さんは、二月十四日、お二人で、東京駅の窓口に行き、東京発金沢行きの一番列車『かがやき』のグリーン車1Bの切符を買おうとした。それを、伊東雅人氏に先に買われてしまったので、お二人は、同じ列車の、グランクラスの切符を買い、伊東雅人氏が買ったグリーン車の切符と交換した。これは間違いありませんね？」

と、念を押した。

片桐は、一瞬、目を、しばたいてから、

「間違いありません。どうしても、東京発金沢行きの一番列車のグリーンの切符が欲しかったので、伊東さんという人に、お願いをして交換してもらいました。それだって別に、悪いことではないでしょう？」

「もちろん悪いことじゃありません。問題は、あなたも三木さんも、結局『かがやき』の一番列車には、乗りませんでしたね。一番列車の『かがやき』、苦労して1Bの切符を手に入れたんでしょう？　それなのに、乗らなかったのは、どうしたんですか？　ぜひその理由をお聞きしたいのですよ」

と、十津川は、まっすぐ、片桐を見た。

「確かに、私も三木さんも、『かがやき』の一番列車には乗りませんでしたが、切符を買ったからといって、絶対に、乗らなくてはいけないというわけではないでしょう？　切符ばかり集めるマニアだっていますから」

と、片桐が、いう。

「確かに、そのとおりです。切符を集める、鉄道マニアが、いることも、知っています。しかし、片桐さん、今回は、北陸新幹線の『かがやき』の車中で、人が一人、殺されているんですよ。しかも、お二人が、何とかして手に入れようとした『かがやき』のグリーン車、それも、1Bの隣りの1Aに乗った乗客が殺されていたんです。このことは、鉄道マニアの片桐さんだから、ご存じのはずですよね？」

「知っていますが、私とは、何の関係も、ありませんよ。私が、何とかして手に入れようとしたのは1Bの切符です。殺人があったのは1Aの座席なんでしょう。関係ないでしょう？」

と、片桐が、いう。

「片桐さんも三木さんも、1Bの切符を手に入れたのに、実際には、乗らなかった。とすると、1Bの切符は、今も、お持ちのはずだから、ぜひ、見せていただけませんか？」

十津川が、意地悪く、いうと、途端に、片桐の顔色が変わった。

「片桐さんも三木さんも、根っからの、鉄道マニアなんでしょう？　だから、『レールウェイクラブ』という鉄道マニアの、クラブにも入っておられた。それなのに、せっかく苦労して買った切符を、手元に、持っていらっしゃらないんですか？　おかしいですよ」

「どうしても欲しいという人がいたので、あげましたよ」

と、片桐がいう。

「どんな人にあげたのか、教えて、もらえませんか？」

「警部さんは、どうして、そんなつまらないことを聞くんですか？」

片桐の口調は、少しずつ、荒っぽくなっていく。

そこで、十津川は、相手を、脅かすことにした。

「いいですか、片桐さん、よく、聞いてくださいよ。あなたが手に入れた切符の隣りの席で、殺人があったんですよ。犯人は、あなた方が、手に入れた切符で、1Bの座席に座り隙《すき》を見て、隣りの1Aの乗客を殺したと、見ているのです。つまり、あなた方二人が殺したのか、そうでなければ、あなた方が渡した切符を使った人間が、あの日、開業したばかりの北陸新幹線の中で殺人を犯したのですよ。

そう考えれば、あなたも三木さんも、共犯者ということになってきます。それも計画殺人の共犯者ですよ」

「しかし、私と三木さんとは、何も知らずに『かがやき』の一番列車の切符を買って、その切符を、欲しいという人に、渡しただけですよ。こんなことで殺人の共犯とはいえないでしょう？」

片桐の声が、少しずつ弱くなっていく。

「しかし、それを、証明するためには、あなたたちに、問題の切符を頼んだ相手を、われわれに教えてくれる必要がありますよ」

十津川が、いうと、片桐は、黙ってしまった。

（やっぱりだな）

と、十津川は、思った。

おそらく、犯人から、大金をもらったか、それとも、脅かされているかの、どちらかだろう。

「とにかく、どんな人間に、問題の切符を渡したのか、その人間から、いつ、どんな形で、頼まれたのか、すべてを、話してもらわないと、われわれとしては、あなたを、殺人の共犯として逮捕せざるを得ないんですよ」

再度、十津川が、相手を脅かした。

片桐は、下を、向いてしまった。

しばらく沈黙が続いたあとで、片桐が、

「本当の名前は、知らないんですよ」

と、いった。

「名前も知らない相手から頼まれたんですか？」

「そうです」

「その時の詳しい事情を、話して下さい」

「確か、二月の初め頃だったと、思うのですが、突然、私の携帯に、電話がかかってきましてね。私と三木さんから、今度開業することになった北陸新幹線について、話を聞きたいと、いわれたんです。鉄道関係の雑誌の編集部というので、三木さんと一緒に、会いました。よくある依頼でしたから」

「どこで、会ったのですか？」

「新宿《しんじゅく》西口のビルの二階にあるカフェでした。待ち合わせの時間にやって来たのは、われわれと、同じくらいの年齢の男で、名刺をもらいました」

片桐は、その名刺を取り出して、十津川に、見せた。

雑誌の名前は「レール＆ステーション」とあり、「編集部記者　田口恭一《たぐちきょういち》」という肩書と名前が、刷ってあった。「レール＆ステーション」という雑誌は、実際に発行されている専門誌である。十津川も、その名前を、聞いたことがあった。

「私も三木さんも、田口恭一という名刺の人間を、すっかり信用してしまったんですよ。そのあと、問題の切符を手に入れてくれたらお礼に、十万円を、差し上げるといわれました。皆さんのような、マニアの人でなければ無理なことなので、と、おだてられて、私も三木さんも、喜んで引き受けてしまったんです」

と、片桐が、いう。

「それで、問題の切符を、とにかく手に入れて、田口という男に、十万円で、売ったということですね？」

「そうです」

「どうして、1Bの切符が欲しいと、田口は、いったんですか？」

「もちろん取材ですよ。1Aに、有名な芸能人が乗るという情報が入ったので、その隣りの席を確保して話を聞きたいということでした」

「それで、そのあとは、どうなったんですか？」

「『レール＆ステーション』という月刊誌は実在しますから、私たちが渡した切符を使った、北陸新幹線の同乗記が載るものと思って、楽しみにしていたんですが、いっこうに載りませんでした。それで、この雑誌に電話をして聞いてみたら、田口恭一という記者は、ウチの編集部にはいない。何かの間違いじゃないかといわれてしまったんです。翌日、名刺の男から突然、電話がかかってきましてね。脅かされました」

「どんなふうに、脅かされたんですか？」

「君たちに買ってもらった切符を使って、北陸新幹線の中で、人を一人殺した。もう、君たちは、殺人の共犯者だ。だから、切符を手に入れた事情については、誰に聞かれても、一切喋《しゃべ》るな。黙っていれば、君たちに危害は加えないし、殺人の共犯者にもならずにすむ。よく考えておけといわれました」

「確かに、立派な脅迫ですね。どうして、その時に、警察に話してくれなかったんですか？」

と、十津川が、聞く。

「警察に話したら、本当に共犯者にされると思ったんです」

と、片桐が、いう。

「なるほど」

と、十津川は、うなずいたが、片桐の言葉を、うのみにしたわけではなかった。

脅かされたというのは、本当だろうが、黙っていてくれたら、悪いようにはしないとか、金を払うといわれたに、違いない。だから、片桐も三木も、警察には、何もいわなかったのだろう。

ところが、ここに来て、急に怖くなって、三木裕介は、姿を消し、片桐は警察に話す気になったのだろう。

「お話は、よくわかりました。田口と名乗った男の似顔絵を、作りたいので、協力してください」

と、十津川が、いった。

片桐の記憶をもとにして似顔絵ができ上がると、それを、コピーして、全国の警察署に配布する一方、片桐に対して警護の刑事をつけ、行方不明の三木についても、全力で探すことにした。

2

二日後、十津川たちが、探していた三木裕介、五十一歳が、四国の高知県下で、死体となって発見された。

高知は、三木の生まれ故郷である。そこには、今も三木の高校時代の友人が何人かいた。三木にしてみればそこに行けば安心感があったのだろうが、一番危険な場所でもあったのだ。

十津川は、その知らせを受けて、犯人は、次に伊東雅人と片桐敬三を狙うだろうと、考えた。

二人には、警護の刑事を、つけているから、犯人逮捕のチャンスになる可能性もある。

そう考えて期待もしていたのだが、十津川の思うようにはならなかった。なぜか、伊東雅人が犯人に狙われる気配が、出てこないのである。

その点について、十津川は、亀井刑事と、話し合った。

「まもなく、ミスター・ロドリゲスと、娘のアリサさんが、来日する。それまでに、犯人は、自分たちにとって危険な芽である伊東雅人を摘《つ》み取ろうとすると、思ったのだが、その予想は、外れてしまった。カメさんは、なぜ、犯人たちが、動こうとしないと思うかね？」

と、十津川が、聞く。

「私も、最初のうち警部と同じように考えていましたが、ここに来て、考えが変わりました」

「どう変わって来たんだ？」

「現在、犯人のターゲットは、伊東雅人や片桐敬三ではなくて、来日するミスター・ロドリゲスと、娘さんなのではないかと、思うようになったのです。だから、関係者を殺してしまうと、ミスター・ロドリゲスに、厳重な警護がついてしまう。それで、今は動かない。そういうことじゃないかと思っているんですが」

と、亀井が、いった。

「そうなると、犯人にとって、ミスター・ロドリゲスと、娘の来日は、歓迎できないことなのだというわけだね。娘のアリサは、中山勝之と男女の仲にあったらしいが、戦時中、セブ島の日本軍の守備隊司令官だった中山勝之中将と加藤参謀は、土地の有力者のロドリゲスを助け、また逆に、助けられている。ただ、中山勝之が書いた手紙や日記を読むと、小田島という副官は、事あるごとにロドリゲスを敵視している。反日的だと考え、ゲリラを助けていると見て、逮捕して、拷問もしていた。現在、小田島の孫や友人たちは、日比合弁会社を作って、利益をあげているが、祖父の話は、タブーだそうだ。犯人がこの会社と関係があったら、今は、じっと動かずにいるだろうね」

「しかし、警部がいわれた小田島という副官も、すでに、亡くなっていますよ。何しろ戦後七十年ですから」

と、亀井が、いう。

「中山勝之元中将とその息子たちが、ロドリゲスと作った会社もある。こちらは、ロドリゲスの来日は、大歓迎だろう。逆に戦争中、ロドリゲスと問題を起こしていた副官の小田島大尉の子孫の作った会社の方は、ミスター・ロドリゲスの来日には、神経をとがらせているはずだ。七十年の長さは、免罪符にならないかも知れないからね。だから、伊東雅人や片桐敬三には、手を触れようとしないのだろう」

と、十津川が、いった。

そこで、十津川は、部下の刑事たちを総動員して、現在、日本と、フィリピンと提携している会社を、片っ端から洗っていった。

その結果、見つかったのは、観光会社だった。今流行《はや》りの豪華客船を使った旅行を売りにしている会社である。

東京の八重洲《やえす》口に本社のある観光会社で、名称を、「日比友好観光会社」という。フィリピンと関係が深いことがわかる、会社である。

最近、豪華客船を使って、東南アジアや、ヨーロッパ、アメリカでのクルージングを売り物にするようになって、別の意味でフィリピンとの関係が、生まれてきた。その豪華客船のクルーが、全員フィリピン人だということである。

多くの客船を使った観光会社では、船員としてフィリピン人を、雇っている。英語が通じるし、海に慣れていることから、クルーとしてフィリピン人を雇うらしい。

だから、もし、フィリピン人をクルーとして雇うことができなくなると、多くの観光会社が、豪華客船による、クルージングが不可能に、なってしまうのだと、十津川は、聞いた。

問題の観光会社は、調べてみると、発起人の中に、小田島の名前があった。それだけではなく、驚いたことに、中山勝之元中将の名前も、載っているのだ。

中山正昭の祖父、中山勝之元中将は、太平洋戦争の時、なるべくフィリピンに被害を与えないようにと考え一刻も早く戦争を止《や》めるべきだと訴え続けていた。

そのため、大本営に睨《にら》まれ更迭《こうてつ》されてしまった。

そのせいで、戦後のフィリピンでは、中山勝之は、好意を持って、受け入れられている。

「この創立者の二人だが、小田島が勝手に、中山勝之の名前を、使ったんだと思うね。おそらく、それを知って、中山勝之元中将が、抗議したんだろう。だから、もう一人の発起人、小田島元副官が、上司だった、中山元中将を殺してしまったんだと思うね」

と、十津川は、結論づけた。

「しかし、今もこの会社は、発起人として、中山勝之の名前を、出していますね」

と、亀井が、いった。

「たぶん、この観光会社では、客船のクルーは全員フィリピン人なんだと思うね。この発起人の中山勝之元中将という人は、フィリピンでは、今でも、人気がある。だから、中山勝之が作った観光会社だということで、安心して、フィリピン人のクルーが乗ってくる。だから、今でも、中山勝之の名前を、利用しているんだと思うね。そのことを知った孫の中山正昭が、抗議をしたのではないだろうか？来日して正式に抗議されたら困ると思って、新幹線の車内で殺した。今度は、ミスター・ロドリゲスだ。彼は、日本とフィリピンの交流について何ヶ所かで、話をするらしい。将来についてだけ話してくれればいいが、過去についても話されたら困る。そこで、来日するミスター・ロドリゲス対策を、あれこれ考えているに違いないね」

と、十津川が、いった。

「まず、この観光会社の現在の社長に、会ってみようじゃありませんか？」

と、亀井が、提案した。

3

会社は、東京・八重洲口のビルの中にあった。社長の名前は、小田島幸太郎《こうたろう》と、なっていた。

受付で、十津川と亀井が、警察手帳を見せた。待たされることもなく、すぐに社長室へ案内された。

社長の小田島は大柄な男で、十津川は、中山勝之元中将の、副官だった小田島元大尉の写真を見たことがあるが、目のあたりの雰囲気が似ていた。多分この小田島社長は、小田島元大尉の、孫に当たるのだろう。

十津川が、単刀直入に、

「太平洋戦争中、フィリピンにいた中山勝之元中将の副官だった、小田島元大尉は、社長の祖父にあたる方じゃありませんか？」

と、聞くと、小田島は、その質問が、出ることを、あらかじめ覚悟していたらしく、

「そのとおりです。私の祖父はフィリピンでアメリカ軍と、戦っています」

「この会社は、あなたの祖父が、戦後作られたと聞きましたが」

「そうです」

「こちらの会社のパンフレットを拝見すると、発起人に、あなたの祖父、小田島元大尉の名前が、載っていますね？」

「ええ、祖父は、戦場から、何とか無事に、日本に帰れたことを、とても喜んでいて、これからは、ビジネスを通じてフィリピンと仲よくしたいといっていたそうです」

「ところで、ここに、パンフレットがありますが、発起人として、もう一人、中山勝之元中将の名前が、載っています。あなたの祖父は、この元中将の副官を、やっておられたんですよね？」

「そうです。祖父は、中山勝之元中将のことを、大変尊敬していたので、戦後、会社の設立に当たって、中山元中将に発起人を、お願いしたと聞いています」

「しかし、太平洋戦争末期のフィリピンでの戦闘について調べると、あなたの祖父と中山勝之元中将とは、日頃から、あまり、仲がよくなかったみたいですね。もっと、はっきりいってしまえば、まったく意見が合わなかった。中山元中将は、戦争は、もう止めるべきだ、これ以上、戦いを続ければ、フィリピンに、より大きな損害を、与えることになると考えていたが、副官だったあなたの祖父は、あくまでも、決戦主義で、戦いを続けるべきだと主張していた。中山元中将に対して、事あるごとに、反発していたと聞いています。資料にも、そう書いてあったのですが、その点は、どうだったのでしょうか?」

「そうですか。私は戦後の生まれですから、戦時中のことは、よく、わかりません。この会社を、立ち上げたのは、戦後ですから、戦時中のことは、すべて、水に流して、祖父は、中山元中将に、会社発起人になってもらったのだろうと、思いますよ。中山元中将も、戦争中のいざこざは忘れて、発起人になることを、快《かい》諾《だく》してくださったのだと、私は、考えています」

小田島は、当たり障《さわ》りのない言い方をした。

「今度、ミスター・ロドリゲスという、フィリピンの実業界や政界に大きな影響力を持つ人が来日します。そのことは、もちろん、ご存じですね？」

と、十津川が、聞いた。

「ええ、もちろん、知っています。ウチの会社は、フィリピンと強い絆《きずな》で結ばれているので、ミスター・ロドリゲスの来日は、大歓迎です」

「しかし、われわれが、つかんだ情報によると、あなたの祖父は戦争中、ミスター・ロドリゲスや彼の親族に対して、事あるごとに圧力をかけていたといわれます。ミスター・ロドリゲスが、命令に従わないので、逮捕し、拷問したことも、あったそうじゃありませんか。もし、このことを、来日したミスター・ロドリゲスが、何かの会合で、話したら、この会社にとっては、大きな痛手に、なるかもしれませんね。そうは思いませんか？」

と、十津川が、突っ込んだ。

一瞬、小田島社長は、黙ってしまったが、すぐ、

「日本にとっても、フィリピンにとっても、戦時中の話は、お互いを傷つけるだけで無意味でしょう。今、両国にとって、もっとも大事なのは、これから先の将来のことですよ。ウチの会社としては、フィリピンとのつながりをもっと強くし

て、東南アジアの観光に、積極的に取り組んでいこうと、考えているのです。明年中に、マニラに支店を設ける計画を立てています」

「中山勝之元中将の孫に当たる中山正昭さんは、日本に、失望して、数年前からフィリピンのセブ島で、暮らしていたんですが、三月十四日に、開業した、北陸新幹線の車内で殺されてしまいました。小田島さんは、この事件についても、ご存じでしょうね？」

と、十津川が、聞いた。

「最近、知ったばかりです。中山元中将のお孫さんが、いることは、知っていましたが、来日されているのは知りませんでしたのでビックリしています」

小田島社長が、シラッとした顔で、いった。

そのいい方に、十津川は逆に、相手の感情の高ぶりを、感じた。

（間違いなく、この男は、ミスター・ロドリゲスが、来日したら、何かやるつもりだ）

と十津川は、断定した。

第七章　最後の戦い

1

捜査本部に、一つの知らせが入った。

十津川が、その行動を、心配していた伊東雅人が、突然、海外に出国したというニュースである。

その知らせを、十津川に知らせた西本《にしもと》刑事は、

「伊東雅人がいっていた本は、一応五万部刷《す》られたそうですが、現物を見た者はいないそうです」

と、いった。

「現物を見た者がいないって、どういうことだ？」

と、十津川が、聞いた。

「本屋に並ぶ前に、五万部全部を一気に買い取ってしまった人間がいたそうです。その収入を、出版社と折半して、伊東雅人は、出国していったというのです」

「それじゃあ、本当に五万部刷ったかどうかも、わからないんだろう？」

「そうですね。たぶん、そんなには、刷っていないと思いますよ。これは、完全な出来レースです」

「誰が全部買い取ったのか、大体の想像がつく。しかし、一人で五万部全部を買い取ったとしても、それが犯罪になるというわけではないからな。そのことで、その人間を追及するわけにはいかないな」

と、十津川は、渋い顔になり、

「それでも、一応、伊東雅人が無事に海外に逃亡したということで、この件は、ひとまずほっとした。あとは伊東雅人が帰国してきたら、捜査本部に呼んで話を聞く必要があるだろうね」

と、いった。

その後の捜査方針を、改めて決めようとしていた時、三上本部長が、連絡してきて、

「これからすぐ、政府の官房長官室に一緒に行ってくれ」

と、いわれた。

ただちに車がまわされ、十津川は、三上本部長と一緒に、内閣官房の長官室に向った。

部屋で待っていたのは、官房副長官の柴田《しばた》五郎《ごろう》である。

「まあ、座ってくれ」

と、柴田は、二人に、声をかけ、女性秘書に、コーヒーを持ってこさせてから、

「君たちに相談したいことがある」

と、いった。

三上本部長と、十津川が黙っていると、柴田副長官は、

「フィリピンから、向こうの政界や、財界に顔が利くというミスター・ロドリゲスが、娘のアリサさんを連れて来日することになっている。もちろん、このことは、君たちもよく知っているはずだ」

と、いった。

「もちろん、知っておりますが、そのことが何か、警視庁と関係があるのでしょうか？」

と、三上が、聞いた。

「いや、直接的な関係はないよ。実は、ミスター・ロドリゲスの滞日中、総理が彼に会う予定は、入っていなかったのだが、向こうからの連絡で、ミスター・ロドリゲスが、フィリピン大統領の親書を、持ってくるというんだ、総理宛てのね。それで、その親書を、どうしても、直接会って総理に渡したいというので、予定を変更して、急遽《きゅうきょ》会うことになったんだ」

（そのことが、どう警視庁と関係があるのだろうか？）

十津川が、考えながら、柴田副長官の顔を見ていると、

「今、総理は、戦後七十年の談話を、発表しようとしている。その談話について、各界の有識者を呼んで、いろいろと、意見を聞いているところなんだ。太平洋戦争で日本軍は、東南アジアの人たちに迷惑をかけ、大きな損害を与えた。これは間違いのない事実だ。談話の中に、そのことに対する謝罪も含めようとしているのだが、困ったことに、損害を与えた国の中には、当然、フィリピンも入ってくる。だから、ミスター・ロドリゲスに会った時、どんな話をしたらいいのか迷っていて、総理は、困っておられるのだ」

と、柴田副長官が、いう。

十津川にも、少しずつ、ここに呼ばれた理由が飲み込めてきた。

「ところで、十津川君は、フィリピンに行って、向こうで、ミスター・ロドリゲスに会っているんだったね？」

「そうです。現在捜査中の殺人事件と関係があるので、彼に会って、戦争中のことなどいろいろと話を聞いてきました」

「それで、十津川君に単刀直入に聞くのだがね、ミスター・ロドリゲスというのは、どういう人なんだ？　実際に会った君の率直な感想が聞きたい」

「確かに、戦争中、フィリピンを占領していた日本軍とは、いろいろとあったようですが、現在は、大の親日家で、人望のある人格者です」

「そうすると、百三歳というのは、本当の年齢かね？」

「そうですね、確か、百三歳になっていると思います」

「それでも、頭脳明晰《めいせき》で、健康には心配ないのだろうか？」

「健康のことは、私にはよくわかりませんが、少なくとも頭脳は明晰です。それに、記憶力もしっかりしていて、戦争中のこともよく覚えているようでしたね。彼と話していて、そのことが、よくわかりました」

と、十津川が、いった。

「そうか、頭脳明晰で、記憶力もしっかりしているのか。実はね、そのことで、困っているんだよ」

と、いって、柴田副長官が苦笑した。

「と、いいますと?」

と、三上が、聞く。

「総理だって、フィリピン大統領の親書を受け取って、それだけで、はい、さようならというわけにはいかないんだよ。それで、三十分間の話し合いを予定している。問題は、その時の会話の中身だよ。今もいったように、総理は、戦後七十年の談話を発表しなくてはならない。ミスター・ロドリゲスに会うのは、その前だからね。そこには、いろいろと微妙な問題があるんだよ。それで、十津川君に聞くのだが、ミスター・ロドリゲスは、戦争中の日本軍のことを話題にするだろうか?」

「戦後まもなく亡くなった中山元中将という人が、当時フィリピンにいて、ミスター・ロドリゲスと親しくしていました」

「その中山中将のことなら、私も、聞いたことがある」

「中山中将の行動を今から考えると、フィリピンの人たちが、戦争によって、被害を受けないようにと、ひたすら、そればかりを考えて行動していました。その後、戦意不足で中山中将は更迭《こうてつ》され、フィリピンは戦場になってしまったのですが、中山中将の話でしたら、問題はないと、思います」

「太平洋戦争で、日本軍は、フィリピンの人たちに、いったい、どのくらいの損害を、与えたんだろうか？」

柴田が、手帳を取り出して、十津川に、聞いた。

「そうですね、これは、私が調べた範囲ですので、正確な被害の数字かどうかはわかりませんが、一応、参考ということでお聞きください」

十津川は、そう断ってから、フィリピン経済のこと、砂糖キビを綿花の栽培に切り替えさせて失敗したこと、抗日ゲリラのこと、そして、中山中将も山下大将も、マニラを撤退したあと、マニラを平和都市にして、自らはルソン島北部で、アメリカ軍と戦おうとしたが、マニラ市内から日本海軍が撤退せず、そのため、マニラの市内で、アメリカ軍と日本軍とが戦闘を繰り広げ、市民に大きな被害を与えたことなど、自分が知っていることを簡単に説明した。

ただ、現在、十津川が捜査をしている殺人事件については、話すことを、遠慮した。どう進展するのか、今のところわからなかったからである。

十津川が、話したことを、柴田副長官は、手帳に書き留めていたが、

「なるほど。冷静に見てみると、当時の日本は、フィリピンに、かなりの損害を与えているんだね。そういうことであれば、ミスター・ロドリゲスに会った時、一言、総理が、戦時中は、フィリピンの国民に迷惑をかけて、大変申し訳なかったと、頭を下げたほうがいいのかな？」

と、いって、三上の顔を見、十津川の顔を見た。

「難しい問題だとは思いますが、それは、相手の出方を見てからのほうが、いいのではありませんか？　こちらのほうから、いきなり謝ってしまうのは得策ではない気がします」

と、三上らしい、慎重ないい方をした。

「ミスター・ロドリゲスが総理と会った時、いったい何を話すつもりなのかはわかりませんが、少なくとも、自分のほうからは、太平洋戦争中のフィリピンの被害についての話はしないのではありませんか？　そのことの文句をいうために、百三歳にもなって、わざわざ日本に、来るわけではないでしょうから」

三上は、これも彼らしい強い調子で、いった。

「君は、どう思うかね？」

柴田が、十津川に、聞いた。

「私にはわかりません」

「それで、もう一つ質問だが、戦争中、ミスター・ロドリゲスの身内に対して、日本軍が被害を与えたというようなことがあったんだろうか？」

と、柴田が、聞く。

「戦争末期になって、いよいよアメリカ軍が、フィリピンに、上陸してくるという話が広がり、フィリピンの各地で抗日ゲリラが発生しました。ミスター・ロドリゲスの身内の中にも、抗日ゲリラに、参加した人がいたので、その身内の若者を、セブ島の日本軍が処刑したことがあるそうです。ですから、自分の身内を日本軍に処刑された。そういう気持ちは、今でも、持っているかもしれませんね。このことは、一応、総理がお会いになる時には、知っておかれたほうがいいと思います」

と、十津川が、いった。

「ミスター・ロドリゲスに同行してくる娘のアリサ・ロドリゲスだが、彼女について、何か、知っていることがあれば、それも教えておいてくれないか？」

と、柴田が、いった。

「娘のアリサさんについては、あまりよく知らないのですが、話を聞いたところでは、戦争中はハイティーンで、これは、あくまでも、ウワサなのですが、戦争中、セブ島に、駐屯していた中山中将と親しかったという話を、聞いています」

と、十津川が、いった。

「親しかったというのは、もっと具体的にいうと、どういうふうに、親しかったんだ？　恋人同士だったということか？」

「これは単なるウワサだとしか申し上げられないのですが、中山中将は、大本営とは意見が合わずに、セブ島の防衛隊長を更迭されてしまったのですが、その時、娘のアリサ・ロドリゲスさんは、中山中将のことをひどく心配していたという話も聞いています」

「なるほど。日本とフィリピンの、そこはかとないロマンスか」

と、いって、柴田が、笑った。

「確かに、そんなところなのかもしれませんね」

と、三上が、いった。

「わかった。二人のロマンスについては、一応、総理にも、話しておこう。会見時間は、三十分の予定だから、そんな楽しい話をしていれば、ミスター・ロドリゲスとの間で、戦争中の難しい話にならずにすむかもしれない」

やっと、柴田副長官は、安心したような表情になった。

2

そのあと、捜査本部に、帰ろうとした十津川を、三上本部長は、

「十津川君、ちょっとお茶でも飲んでいかないか？」

と、官邸近くの、カフェに誘った。三上にしてみれば、珍しいことだった。

十津川には、捜査本部に戻る前に、三上が何をいいたいのか、大体の想像はついたが、黙っていた。

「現在の捜査状況を知りたい」

三上が、いやに硬い表情で、十津川に、聞いた。

「現在、小田島幸太郎という人間がやっている日比友好観光会社という会社があります。小田島社長の祖父である小田島元大尉は、戦時中、中山中将の副官を、やっていました。しかし、二人の仲は犬猿で、中山中将のフィリピンに対する方針は生温《なまぬる》いといって、小田島元大尉は、常に批判していたといわれます。戦後に

なって、孫の小田島幸太郎が、中山中将のフィリピンでの人気を利用して、観光会社を創設し、現在でも、手広くやっています。しかし、亡くなった、中山中将、あるいは、その孫の中山正昭は、戦争中のことを、よく知っていますから、フィリピンとの友好を会社の宣伝に利用している小田島社長にしてみれば、煙たい存在だったのではなかったかと思われます。そこで、中山正昭を言葉巧みに日本に誘い、北陸新幹線で、金沢に行くように仕向けたのではないかと、私は考えています。金沢という町は、中山家にとって故郷でもあり、孫の中山正昭にしてみれば、日本に絶望して、フィリピンに永住することを考えていたようで、彼の存在が煙たかった小田島社長が、北陸新幹線のグリーン車の中で、三月十四日に中山正昭を殺したのは、まず間違いないと思っています。その実行者として、雑誌社の記者を名乗っている田口恭一、それから、問題の切符を手配した片桐敬三と三木裕介の二人。このうち、三木裕介のほうは、すでに何者かに、殺されています。そこで現在、われわれがマークしているのは、観光会社の社長、小田島幸太郎と、ニセ記者の田口恭一、それから、鉄道マニアの片桐敬三、この三人です」

「そこで、問題なのは、さっき、官房長官室で会った柴田副長官の話なんだ。総理とミスター・ロドリゲスが会うことになっている。その時に、殺人事件が大きく報道されたり、その殺人事件の原因に、日本軍とフィリピンとの争いがあったということにでもなれば、困ったことになる。そこで、ミスター・ロドリゲスが日本を離れるまでの間、君が刑事たちに命じて、一時的に捜査をストップさせるというわけにはいかないかね？　今もいったように、ヘタをすると、日本とフィリピンとの関係に、傷がつく恐れがあるからね、できれば、そうしてもらいたいんだ」

と、三上が、いった。

「そのことは私ではなく、三上本部長が、命令されることではありませんか？　本部長の命令ということであれば、私たちも、しばらくの間、捜査を中断させても構いませんが」

と、十津川が、いう。

「私としては、ミスター・ロドリゲスと、娘のアリサさんの二人が来日中には、事件の捜査は、中止をすることが最良の方策だと、思っているのだがね」

三上本部長は、何とも、歯切れの悪いいい方をする。

おそらく、三上は、捜査本部長の立場からは、捜査の中止は、問題だが、総理のことや、今会ってきた柴田官房副長官の立場を尊重すれば、捜査は、しばらくの間、中止したほうがいいと、思っているのだろう。

「一つ、問題があります」

と、十津川が、いった。

「何かね？」

と、三上が、聞く。

「おそらく、今回のミスター・ロドリゲスの来日を、いちばん不安の眼で見ているのは日比友好観光会社の小田島社長ではないかと思うのです。何事もなければ、日本とフィリピンの関係はさらによくなって、フィリピンに旅行しようという日本人も増えると思いますからね。その小田島社長にとって一つだけ、心配なことがあると、思うのですよ」

「心配なこと？　何かね？」

「この日比友好観光会社のモットーは、太平洋戦争時代からの日本とフィリピンの友好関係を、平和な時代になっても大切にしてやっていこうというものですが、ミスター・ロドリゲスが来日した時、太平洋戦争時代の小田島副官の実像を記者団にぶちまけてしまったら、この観光会社は、一瞬にして信用を、失ってしまうことにもなります。そうなれば、この会社で働いているフィリピン人のクルーも、逃げ出してしまうかも知れませんし、何よりも、お客の信用を失い、今後のクルージングでも、お客が集まらなくなってしまう恐れもあります。小田島社長は、そのことを何よりも恐れていると思うのです。それで、私が恐れるのは、小田島社長が、来日するミスター・ロドリゲスの口を封じてしまおうとするのではないかということです」

と、十津川が、いうと、三上本部長は、急に、不安げな表情になって、

「小田島社長は、そんな真似《まね》をするだろうか？」

「その可能性は、ゼロでは、ありません。いや、ゼロどころか、かなり、高いと思いますね。小田島社長にしても、ミスター・ロドリゲスが日本に来て、総理大臣や各界の有力者と会うことは、知っているはずです。その時に、ミスター・ロドリゲスが、戦争中の本当の話をすれば、小田島社長は、間違いなく、社長としての権威を、失うと思います。フィリピンから協力を拒否されてしまえば、日比友好観光会社は、倒産してしまいます。それを考えれば、ミスター・ロドリゲスが日本に到着した時に襲撃して、その口を、封じようとする可能性は高いと思います」

「ミスター・ロドリゲスと娘のアリサ・ロドリゲスが来日するのは、確か明日だ

ったね？」

「そうです。羽田空港が使われ、そのまま、帝国ホテルに入ることになっています」

「羽田空港に到着する時間も、決まっていたね？」

「そうです。午前一〇時三〇分に、フィリピン航空の特別機で到着します」

「もし、君が小田島幸太郎だったら、いったい、どこで、ミスター・ロドリゲスを襲撃するかね？」

「羽田空港から、首都高速に入って、帝国ホテルに向かう途中が、もっとも危険だと思います」

と、十津川が、いった。

「必ず、羽田空港から帝国ホテルまでの途中で襲うかね？」

と、三上本部長が、念を押した。

「羽田空港には、フィリピンの駐日大使や、さっきお会いした、柴田官房副長官などがお迎えに出るわけでしょう？　羽田空港から帝国ホテルに向かう車の中でも、いったい、どんな話をするか、わかりませんから小田島社長にとっては、それも不安なはずです」

「わかった。君が思うように、警護を頼む。このことは、柴田官房副長官には、話しておいたほうがいいだろうか？」

「その判断については、私には、何ともいえません。ミスター・ロドリゲスが、無事に日本に到着し、総理にお会いして、フィリピンに帰るまでの安全を確保するのが、私の役目ですから」

とだけ、十津川が、いった。

3

結局、三上本部長が、この件について、柴田官房副長官に、話をしたかどうかは、わからないままだった。

それは、十津川には、どうでもいいことだった。十津川にとっては、とにかく、滞日中のミスター・ロドリゲスの安全が、第一だった。

そこで、十津川班の刑事七人のほかに、十人のライフルの専門家を、機動隊から派遣してもらった。

彼らを前にして、十津川が、自分の考えを話した。

「ミスター・ロドリゲスと娘のアリサ・ロドリゲスの二人は、明日午前一〇時三〇分、羽田着のフィリピン航空の、チャーター便で到着する予定です。犯人が襲おうと考えるとすれば、第一は、羽田空港でしょう。到着してミスター・ロドリゲスが、タラップを降りてくるところを、狙う。これは、何十年か前に、マニラ空港で、時の大統領の政敵が襲われて死亡したことがあります。それと、同じケースです。ここが第一ポイントです。次は、首都高速を羽田から霞《かすみ》が関《せき》のインターチェンジで降りるまでの間、これが第二ポイントです。次は、最後の、宿泊先の帝国ホテルに到着した時です。これが第三ポイントになると思います。そこで、われわれは、一番目の羽田空港と首都高速の途中、最後の、帝国ホテルの玄関の三ヶ所に、警戒網を張ろうと思っています」

十津川の指示に対して、十人のスナイパーの間から質問が飛び出した。

「一口に首都高速といっても、羽田から霞が関までは、かなり、長いですよ。そのどこを、警戒すればいいのですか？」

と、スナイパーの一人が、聞いた。

「ミスター・ロドリゲスと娘のアリサさんは、日本政府の迎えの、リムジンに乗ります。このリムジンには、当然、柴田官房副長官と駐日フィリピン大使の二人も、同乗します。途中で停車しませんし、前後にパトカーがついて警護する予定に、なっていますから、走行中に狙うというのは、かなり難しいと思うのです。ですから、狙うとすれば、料金所です。もちろん、停車することは、ありませんが、ゲートを通過する時には、必ずスピードを落とします。その時でしょう。成功の確率も、高くなると思いますからね。ただし、料金所の周辺に、高いビルがなければ、犯人が隠れる場所が、ありませんから、狙撃は難しくなります。その点を考えると、羽田空港から霞が関のインターチェンジまでの間で、二ヶ所の料金所のあたりが、もっとも危険だとわかりました。その周辺には、かなり高いビル、特に雑居ビルが多いからです。その問題の地点は、ここと、ここです」

十津川は、大きな、首都高速の地図を張り出して、その二ヶ所を、示した。

その場所周辺の写真も、撮ってあった。そこには雑居ビルがいくつか、首都高速にかなり迫って建てられている。

十津川は、十名のスナイパーを、空港に三名、途中の首都高速の二ヶ所に二名ずつ、そして、最後の帝国ホテルの玄関に三人と分けて配置することにした。

問題は、いかにして、犯人たちの、襲撃を防ぐかである。そのため、明日の当日ではなく、前日の今日から、十津川たちは、犯人が潜みそうな場所のチェックに、走りまわった。

羽田空港に特別機が到着し、タラップを降りてくるところを、狙撃する。もっとも典型的なケースである。おそらく、犯人たちも、まずこのケースを考えるだろう。

しかし、このケースでは、犯人も簡単には、特別機には、近寄れない。そこで、空港職員の制服を手に入れて、それを着て、犯行に、及ぼうとするだろう。

それでも、ライフルを手にして歩きまわるわけにはいかないから、空港内を走る専用車両を手に入れて、その車両で、特別機に、近づこうとするだろう。

十津川は、羽田空港の警備専門のセクションに、協力を要請しようと、話を持っていった。

そこで、スナイパー三人にも、空港内の専用車両を用意して貰《もら》い、動くことにした。

次は、首都高速の二ヶ所の料金所周辺である。

調べてみると、意外に首都高速の近くまで、雑居ビルが、迫っていることがわかった。その雑居ビルのどこかに潜んで、待ち伏せすることが、十分に考えられた。

しかし、問題は、雑居ビルの首都高速に面した窓からしか狙撃することができないということである。

そこで、十津川は、部下の刑事たちに指示して、料金所を狙いやすい窓のある雑居ビルの店、事務所などを徹底的に調べ、そこに明日の午前十時、特別機の到着直前に、一斉《いっせい》捜査を、することに決めた。

その時刻になって、もし、犯人たちがそこからミスター・ロドリゲスを、狙うとすれば、すでに雑居ビルの、その位置に、潜んでいるに違いないと考えたからである。

最後は、帝国ホテルの玄関である。そこには、ひっきりなしに、タクシーや自家用車が到着する。

十津川が注目したのは、玄関の近くにある一時的な駐車場である。

そこは、ホテルを出発する泊まり客に対して、タクシーや、あるいは、自家用車が、待機している場所である。もし、羽田空港、二ヶ所の首都高速料金所で、失敗した場合は、おそらく、この小さな駐車場を、利用しようとするだろうと、十津川は、考えた。

問題は、この四ヶ所のポイントのどこで犯人が狙うのかということだった。

そしてもう一つ、十津川は、北条早苗《ほうじょうさなえ》刑事と三田村《みたむら》刑事のコンビに命じて、小田島社長を、徹底的にマークさせることにした。当然、明日、小田島社長が、狙撃犯に命じて、ミスター・ロドリゲスと娘のアリサ・ロドリゲスを、狙撃させるとすれば、警察に疑われないようにするため、彼自身は、どこかで、強固なアリバイ作りをしようとするはずである。

そこで、十津川は、小田島社長が、どこでアリバイを、作ろうとするのか、それを、北条早苗と三田村の二人の刑事に徹底的に、監視させ、追跡させて、襲撃があった場合、間髪を入れず、小田島社長を、逮捕することにしたのである。

4

その日が来た。

朝から快晴。おそらく、特別機は、午前一〇時三〇分、予定の時間どおりに、到着するはずである。

十津川と亀井の二人は、覆面パトカーで、警戒すべき全行程を、走りまわることに決めていた。

少し早く羽田空港に到着し、出迎えの人たちの間に、混じって、まず、警戒の第一歩を始めた。

午前一〇時三〇分より五分遅れて、フィリピン航空のチャーター機が、羽田空港に、到着した。

出迎えの人々が、整列している。そのなかには、柴田官房副長官の顔もあったし、駐日フィリピン大使の顔も見えた。

近くにスナイパーの乗った空港内の専用車が、停《と》まっている。

特別機のドアが開かれ、ミスター・ロドリゲスと、娘のアリサ・ロドリゲスが、手をつなぎ、ニコニコ笑いながら、タラップを降りてきた。

百三歳にしては、しっかりとした足取りである。

十津川と亀井は、反射的に周囲を見まわした。

だが、ミスター・ロドリゲスたちが、下まで降りてきて、出迎えの柴田官房副長官や駐日フィリピン大使と、握手を交わしていても、襲撃の気配は、なかった。

十津川はすぐ、首都高速の二ヶ所に配置しておいた西本刑事や日下《くさか》刑事たちに連絡をした。

「空港での襲撃なし。そちらを十分に、警戒してくれ」

と、十津川が、いった。

それを合図に、首都高速の料金所に面した窓がある事務所、店などに、一斉に刑事たちが、飛び込んでいった。

警戒のスナイパー四人には、料金所のボックスの中に隠れていて、もし、雑居ビルのどこかから狙撃の気配があれば、逆に、その窓に向かって狙撃せよと、十津川は、命じていた。

その様子を見るために、十津川と亀井の乗った覆面パトカーは、羽田空港を、出発し、一足先に首都高速に入っていった。

首都高速の二つのポイントから、刻々刑事からの報告が、入ってくる。

十津川の携帯から、ひとつめのポイントを受け持っている西本刑事の、緊張した声が聞こえてきた。

「首都高速に面した窓、特に、料金所のボックスと同じ高さにある窓については、一斉に手入れを行いました。特に異常は見当たりません。現在、犯人が潜んでいるのではないかと思われる窓のある事務所や、店などはすべて、われわれが、制圧しましたので、ご安心ください」

西本刑事が、十津川に、いう。

次は、そこから千五百メートルほど離れた、もうひとつのポイントの料金所である。こちらのほうも、かなり近づいた位置にビルがあった。

しかし、こちらも、危険なビルは、見つからなかった。

十津川は、逆に次第に不安になってきた。もっとも可能性が高いと思われていた羽田空港での狙撃はなかったし、次に有力な場所と考えていた、首都高速の二ヶ所の料金所にも、犯人と思われる人間の影が、見つからなかったからである。

こうなると、十津川が、もっとも襲撃の可能性が低いと考えていた帝国ホテルの玄関しか残らなくなってくる。

ここには、ひっきりなしに、動いているホテルのボーイたちの目があるし、泊まり客が絶えず到着したり、出発したりしている。もし、この場所で犯人が、ミスター・ロドリゲスと娘のアリサ・ロドリゲスを、狙撃すれば、必ず誰かに、目撃されてしまうだろう。

そんな危険なことを、はたして、犯人たちは、するだろうかという疑いを、十津川は、最初から持っていたからである。

それでも、十津川は、ひと足先に帝国ホテルに着くと、このホテルでの予定を、支配人に聞いた。

「到着されると、すぐに、お部屋に入られて、お休みになられます」

と、支配人が、いった。

「確か、十八階の貴賓《きひん》室でしたね？」

「ええ、そうです。万一を考えて、十八階のすべての部屋は、今日、明日の二日間、空けておくことに、いたしました。したがって、十八階のフロアには、一般のお客様は、一切立ち入りできないように致しました」

と、支配人が、いう。

「今日は、そのほか、どんな予定になっていますか？」

「夕食は、ルームサービス係が、お部屋までお持ちします。明日の朝食も、同じです。そして、午後一時に、日本政府からお迎えの車が来ます。それに乗って総理官邸に行き、総理とお会いすることになっております。それが、今日明日の日程です」

「それでは、明日の午後一時まで、ミスター・ロドリゲスと娘のアリサ・ロドリゲスのお二人は、部屋に、こもったままで、外には出てこないわけですね？」

「そのとおりです。何しろ、ミスター・ロドリゲスは、今年百三歳というご高齢です。長旅で、お疲れでしょうから、まずは、ゆっくりお休みいただきたいというのが、こちらの願いで、また、お付きの方が、三人いらっしゃる予定ですが、こちらの方々のお部屋も、十八階のミスター・ロドリゲスのお部屋の隣りにご用意しておきました」

と、支配人が、いった。

そのほか、十八階の通路の入り口には、こちらが用意したスナイパー三人が、明日の午後一時の出発まで、交代で警戒に当たるはずだった。

となると、ここ帝国ホテルでの襲撃は、まず考えられなかった。

（どうも、おかしいな）

と、十津川は、首をひねった。

考え込んでいる十津川の様子を見て、亀井が、

「警部、もしかすると、われわれに油断をさせておいて、連中は、ミスター・ロドリゲスの帰国間際に、襲撃してくるつもりなんじゃありませんか？」

と、いった。

「いや、それはちょっと考えられないよ」

「どうしてですか？」

「小田島社長にとって、いちばんの不安は、ミスター・ロドリゲスが、滞日中に、

問題の戦争中のことについて厳しい発言をすることなんだ。だから、すべての日程を終えてから襲撃しても、小田島社長にとっては、何の意味もないんだ」

と、十津川が、いった。

5

ミスター・ロドリゲスの一行は、何事もなく無事に帝国ホテルに、到着し、支配人の案内で、十八階の貴賓室に入った。

フィリピンから同行してきた三人の実業家や秘書も、同じ十八階に部屋を取っている。

十八階は、完全に警察の監視下に置かれているから、まず犯人が、十八階に入っていって、ミスター・ロドリゲスを殺害することは、不可能だった。

それでも、十津川は、不安なまま翌日を迎えた。

そんな十津川のもとに、一つの情報が入ってきた。

それは、小田島日比友好観光会社社長の動向に関してだった。

三田村刑事と、小田島社長をマークしていた北条早苗刑事が、

「現在、小田島社長と秘書の二人は、成田空港に来ています」

と、いう。

「成田空港？　そこで、小田島社長は、何をしているんだ？」

「出国の手続きをしています」

「小田島社長は、どこか外国に行くつもりなのか？　それで、行き先は、わかっているのか？」

「一三時三〇分発のバンコク行きの日本航空に席を予約しています」

「一三時三〇分だな？」

「そのとおりです」

「そのバンコク行きは、前から予約してあったのか？」

「カウンターで確認したところ、一週間前だったそうです」

「一週間前？」

と、十津川が、オウム返しに、いった。

確か一週間前といえば、ミスター・ロドリゲスの訪日が、正式に、決まった日である。その日に予約したことに、何か意味があるのだろうか？

それがわからないままに、時間だけが、どんどん過ぎていく。

十津川と亀井は、帝国ホテルのロビーにいた。

そこには、ホテルの泊まり客はもちろん、男性や女性、若い人や老人、そして、外国人など、さまざまな泊まり客で混雑している。こんな人ごみの中で、犯人が、ミスター・ロドリゲスを襲撃するとは、十津川には、とても、思えなかった。

しかし、万が一ということもあると、十津川は、用心した。

「時系列としては、一応、ちゃんと並んでいますよ」

と、亀井が、いった。

「時系列って？」

「午後一時に、政府の差しまわしの車がやって来て、それに乗って、ミスター・ロドリゲスと娘のアリサ・ロドリゲスは、総理に面会するために、帝国ホテルを出発して、官邸に向かいます。そして、午後一時三十分には、成田空港から小田島社長と秘書が、バンコクに向かって、出発します。つまり、その時系列です」

と、亀井が、いった。

亀井のその言葉に、十津川は、思わず緊張した。

そのことに、何か意味があるのかは、わからない。

ただ時間ばかりが、過ぎていく。

支配人に会った。

「政府差しまわしのリムジンは、何時に、こちらに到着することに、なっていますか？」

と、十津川が、聞いた。

「午後一時に出発されますので、その三十分前の午後十二時三十分と聞いています」

「そのリムジンは、どこに、待機しているんですか？」

「ホテルの玄関の脇に、迎えの車やタクシーが待機する場所が、あります。そこで待っていることになっています」

と、支配人が、いった。

「それかもしれないぞ」

十津川が、いった。

エッという顔になって、亀井が、十津川を見た。

「その迎えの車だよ。その車を奪い取って、犯人たちが、運転して、ミスター・ロドリゲスと娘を乗せて出発するんだ。それが成功したかどうかを、成田空港でバンコク行きの飛行機の出発を待っている小田島社長に報告することになっているんだ。おそらく、犯人の計画は、そういうことになっているんだ」

十津川は、しゃべりながら、腰を上げていた。

二人の刑事は、ロビーから玄関に飛び出していった。

次々に車が到着し、次々に出発していく。それをさばくボーイたちが、マイクに向かって、

「○○会社の○○社長様。お迎えの車がまいっております。すぐに、こちらにお出《い》でください」

と、大きな声で叫んでいる。

その声を聞きながら、十津川と亀井は、玄関口から少し離れたところにある、小さな駐車場に、向かって、走った。

そこには何台もの車が待機していて、次々に無線で呼び出されて、乗せるべき人間を迎えに行くのである。

その中に、政府専用車の旗を立てたリムジンを、発見した。

用心しながら近づいていく。

運転席にいた男が、こちらを見た。

運転手一人、助手席に一人、男が二人乗っていた。

その助手席にいた男に、十津川は、見覚えがあった。実際に会ったことはなかったが、似顔絵で見たことがあったのを、覚えていたのである。

問題の北陸新幹線の切符を頼んだ、自称雑誌記者の田口恭一という男の似顔絵に、似ているのである。

十津川は、助手席から近づき、亀井は、運転席のほうに、まわった。

ドアを叩《たた》き、

「ミスター・ロドリゲスのお迎えですね？　今、ミスター・ロドリゲスから時間を変更してほしいという連絡が入ったので、その件をお伝えします」

と、十津川が、笑顔で、いった。

助手席にいた田口恭一が、何だってという顔で、助手席の窓ガラスを下げて、こちらを見た。

その顔に、十津川は、いきなり、拳銃を突きつけた。

「動くな。動いたら撃つ」

と、十津川が、強い口調で、いった。

運転席側では、亀井が、同じように拳銃を運転席の男に、突きつけていた。

「降りろ」

と、亀井が、怒鳴り、ドアを開けて、いきなり飛びかかってきた男を、拳銃で、殴りつけた。

十津川は、助手席の田口に手錠をかけてから、西本と日下の二人の刑事を、呼んだ。

「この二人を緊急逮捕してくれ。それから、成田空港に、大至急、連絡だ。北条早苗刑事に、出発ロビーにいるはずの小田島社長を逮捕するようにいってくれ」

と、指示してから、逮捕した二人の男に代わって、運転席に亀井、助手席に十津川が乗り込んだ。

その時、ホテルの玄関口からの連絡が入ってきた。

「ミスター・ロドリゲスと娘のアリサ・ロドリゲスさんが、出発を、お待ちです。政府専用車は、すぐにホテルの玄関口に来てください」

亀井が、慎重に車をスタートさせた。

玄関に、ミスター・ロドリゲスと娘の顔が見えた。その前に車を停め、十津川が、助手席の窓を開けて、

「お久しぶりです」

と、ミスター・ロドリゲスに向かって、笑いながら声をかけた。

向こうも、笑顔になって、

「わざわざ十津川さんが、お迎えに来てくださったのですか？」

「今日だけの特別サービスですよ。それでは、総理に会いに行きましょう」

と、十津川が、いった。

ミスター・ロドリゲスも娘のアリサ・ロドリゲスも、今の駐車場での騒ぎは、まったく、知らないようだった。

二人を乗せて、政府専用のリムジンが、帝国ホテルを出発した。

ミスター・ロドリゲスが、総理と、いったい、どんな話をするつもりなのか、一瞬、十津川は、そのことを聞いてみたいと思ったが、それは止《や》めて、その代わり、笑顔を、ミスター・ロドリゲスに向けた。

解説

小柳治宣《おなぎはるのぶ》
（日本大学教授・文芸評論家）

二〇一五年（平成二七年）は、終戦七〇周年にあたったが、その前年から十津川警部シリーズの中にも戦争をテーマとした作品が次々と登場するようになってきた。戦中・戦後秘話と、現代の殺人事件とが時空を超えてリンクするというものので、歴史ミステリーの味わいもあるものだ。

もっとも、『天使の傷痕』（一九六五年）で、江戸川乱歩賞を受賞した翌年に、受賞第一作として書下ろした『D機関情報』は、戦争終結に絡む秘話を題材としたスパイ小説であった。それからちょうど半世紀後、作者は再びこのテーマに真正面から取り組むことになる。戦争を体験した稀少な現役作家（作者以外にはほとんどゼロに等しいかもしれない）として、書き残しておかねばならぬという使命感があったからに違いない。その書き残しておきたいものとは、『十津川警部八月十四日夜の殺人』（二〇一五年）の最終章のタイトルにもなっている〈戦争その理不尽なるもの〉――これに他なるまい。

一九三〇年（昭和五年）九月生まれの作者は、敗戦の年にはまだ一四歳であった。その十四歳の少年がどう戦争と向かいあったのか。実は、作者は陸軍幼年学校の「最後の生徒」（第四十九期生）の一人として、一九四五年（昭和二〇年）四月一日に入学を果たしたのだった。作者が自らの体験を綴った『十五歳の戦争陸軍幼年学校「最後の生徒」』（二〇一七年）には、入学の動機がこう記されている。

〈これから、どうするのが一番トクかを考えるのだ。どうせ十九歳になれば、兵隊になるのだが、階級は、一番下の初年兵（二等兵）である。やたらに、殴られると聞いていた。それなら、早くから兵隊になった方がトクに違いない。（中略）それで、考えたのが、陸軍幼年学校（陸幼）だった。明治からある学校で、卒業すると、そのあと、陸軍士官学校（陸士）、陸軍大学校（陸大）と進んで、少年兵の方は下士官だが、こちらは、大将にもなれる。そこで、東京陸軍幼年学校（東幼）を受験することにした。満十四歳。いわゆる「星の生徒」である。〉

そして、この四十九期生から学費が免除され、逆に、月五円の給料が貰えることになったという。なぜかといえば、

〈本土決戦が近づいたので、私たちも、兵籍に入れられたということである。初

年兵と同じになったので、給料として、五円が支給されたのだ。学生ではなく、兵士になったのである。〉

ということで、作者は、最年少の、そして最後の兵士として、終戦日までの四ヵ月半を過ごすことになったのであった。そして、八月十五日の玉音放送を、焼け跡のラジオで聞いた作者は、

〈何となく、日本が負けたらしいと聞いていたので、驚きはなかったが、何か、叫びたくなって、

「東條のバカヤロー」

とか、

「あいつのせいで、敗けたんだ！」

と、叫んだ。東條は、東京陸軍幼年学校の先輩である。〉

その東條英機暗殺計画を作品の中に取り込んだのが、『二《ダ》つ《ブル》の首相暗殺計画』（二〇一七年、現・実業之日本社文庫）である。日本を再び戦争の危機に巻き込むような右翼思想の首相が誕生する可能性があるとしたら、その人物を暗殺すべきなのか。東條英機暗殺計画に参加した者たちの孫が祖父の意志を引き継いで、日本の平和を守るべく立ち上がる。だが、その中には十津川の無二の親友が加わ

っていた……。友との誓いを守るために十津川が辞表を用意するところで終わるこの作品は、作者の魂が十津川に宿った、シリーズ中でも屈指の一作でもある。

では、そろそろ本書に目を転ずることにしよう。本書も戦争をテーマとしているが、現代の殺人事件との関連そのものが十津川を悩ませる謎となっている。というのも、それがきわめてユニークな性質のものだからなのだ。発端は、北陸新幹線の開業日に起こる殺人事件であった。

鉄道マニアから鉄道雑誌「鉄道時代」の記者になった伊東雅人《まさと》は、取材のために北陸新幹線開業初日の、東京発の一番列車に乗ることになった。そこで、一カ月前の前日から徹夜で東京駅の窓口に並んで、取材に都合の良いグリーン1Bの切符をうまく手に入れることができた。

ところが、駅構内のカフェで中年の男から、奇妙な相談をされた。グリーン1Bの切符がどうしても必要なので、グランクラスの切符と交換して欲しいというのだ。グランクラスといえば十八席しかなく、食事付きで料金も格段に高い。伊東は交換に応じた。だが、それは彼を殺人事件に巻き込むことにもなっていく。

伊東の乗ったかがやきのグリーン車内で男が刺殺されたのである。そのことを伊東は取材を終えたあと、金沢のホテルで知ることになる。この事件は、彼が切符の交換をしたことと関係しているのであろうか。その後、伊東の周りで不可解な出来事が相次いで起こることになる。

まずは、伊東の住むマンションの玄関でいきなり彼の写真を撮った中学生が、川に落ちて死んだ。事故と思われたが、殺人だった。十津川は、この事件から伊東にたどり着き、かがやきのグリーン車内の事件にも彼が関係しているのではないかと考える。

というのも、殺人が行なわれたのは伊東が座るはずだった1Bの隣の席だったからだ。だが、伊東は警察に対してきわめて非協力的な態度をとった。彼が取材で撮った写真の中に1Bの乗客は本当に写っていなかったのか。十津川には伊東が何か重大なことを隠しているように思われるのだ。

それを裏付けるように、伊東はマンションの部屋を荒されたり、トラックに危うくはねられそうになったりする。しかも、そのトラックが電柱に激突したために死亡した運転手の持っていたのが、伊東の写真で、その写真を撮ったのが、例の殺害された中学生だったのである。

一方、グリーン車内での被害者は中山正昭（六十六歳）と判明した。五年前まで千代田区の図書館長を務めていたが、定年前に辞め、フィリピンに移住していた。金沢の実家に五年ぶりに里帰りするために乗ったかがやきの車内で、被害に遭ったものと考えられる。だが、いくら被害者を調べても、殺人の動機がさっぱり見つからないのである。被害者の祖父、中山勝之は、戦時中フィリピンの防衛を任されていた陸軍中将だった。正昭は、その祖父を尊敬し、祖父が戦地から送った手紙を大切に保存していた。中山中将は、ガダルカナル、ニューギニア、ラバウルと転戦し、最後はフィリピンのマニラの防衛にあたっていたのだった。

殺人の動機を探る鍵が、その手紙の中に隠されているのではないかと考えた十津川は、手紙すべてを熱心に読み、フィリピンにまで足を運ぶことになる。そこから見えてきたものは……。

南方戦線の真実が語られる、この手紙の内容が、本書の読み所の一つでもある。中山中将は、日本の敗北を見越して、戦後のためにフィリピン人との友好を重視し、上流社会の人たちとの交友を深めていくが、これが好戦派の将校たちには裏切り行為とみなされた。その中心が、副官だった小田島大尉だった。戦後、この小田島もフィリピンとの関係を深めることになる。

マニラで終戦を迎え、日本へ帰ってきた中山中将は何者かによって殺害され、その犯人は判らぬままであった。しかも「日本陸軍始まって以来の愚将」なる汚名を歴史に刻むことになってしまうのである。だが、その評価は果して正しいのか。十津川を通して作者はそうした問いを投げかけてもいるかのように思われるのだ。

さて、戦争中、中山中将が親しくしていたフィリピンの実業家ロドリゲスとその娘が国賓待遇《こくひんたいぐう》で来日することになった。十津川は、彼らが狙われる懼《おそ》れがあると考えていたが、そのときが犯人逮捕のチャンスでもある。七〇年の時を経て殺害された、中山中将とその孫中山正昭、そして命を狙われるロドリゲス父娘——これらの点を結び付ける一本の線とは何か。十津川は、戦争の裏側に潜んだ真の動機を解き明かすことができるのか。そこが第二の読み所といえよう。

北陸新幹線を題材とした作品には、本書の他にも『北陸新幹線ダブルの日』（二〇一四年）や『十津川警部　北陸新幹線「かがやき」の客たち』（二〇一六年）などがある。前者は、本作同様、戦争をテーマとしたものだ。北陸新幹線開業の功労者の一人吉岡浩一郎が、十年前に殺されたが、未解決のまま今に至った。捜査を担当した十津川は、北陸新幹線開業を直前に控えた十年後の今、改めてその犯人捜しに挑むという設定だ。当時八十七歳だった被害者の吉岡は、戦時中陸軍の航空研究所で航空機の開発に携わっていた優秀な技術者だった。十津川は、吉岡の遺品の中にあった幻の特攻機の写真を手掛かりに、犯人を追い求めていく。特攻隊に対する作者の思いが熱く伝わる作品でもある。

もう一冊の『北陸新幹線「かがやき」の客たち』は、本作と同じく北陸新幹線の開業初日の東京駅が重要な舞台となる。終盤に、「かがやき」のグリーン車内で起こる、逆転劇に作者らしいミステリーの味わいがたっぷり盛り込まれている。

いずれにしても、十津川警部シリーズは読めば読むほど相乗的に面白さが増してくる。とくに「戦争」や「歴史」をモチーフにした場合に、その強度はさらにアップするようだ。作者は二〇二二年に亡くなったが、最期までその筆が衰えることはなかった。これからもその作品は多くの読者を楽しませてくれるに違いない。

北陸新幹線と西村京太郎ミステリー

山前 譲
（推理小説研究家）

二〇二四年三月十六日、北陸新幹線が延伸され、金沢《かなざわ》駅と敦賀《つるが》駅の間の約百二十五キロメートルが新たに開業する。途中駅は小松《こまつ》駅、加賀《かが》温泉《おんせん》駅、芦原《あわら》温泉《おんせん》駅、福井駅、越前《えちぜん》たけふ駅だ。冬季オリンピックに間に合わせて長野駅まで開通したのが一九九七年十月一日、そして金沢駅まで開通したのは二〇一五年三月十四日だった。新幹線のスピードとは裏腹に長い年月を要しているものの、今回の敦賀駅までの延伸によって首都圏から北陸方面へのアクセスはさらに良くなった。

こうした北陸新幹線の歴史はもちろん西村京太郎氏の十津川《とつがわ》警部シリーズにも反映されている。とりわけ大きな話題となった金沢駅までの開通では、一番列車の下り「かがやき」の中で殺人事件が発生するこの『十津川警部　北陸新幹線殺人事件』のほか、『東京と金沢の間』、『暗号名は「金沢」　十津川警部「幻の歴史」に挑む』、『北陸新幹線ダブルの日』といった長編が書かれている。ただ、太平洋戦争にまつわるテーマに取り組んでいた時期で、観光地を巡るような展開ではなかった。

とはいえ北陸地方は、とくに今回延伸される石川県や福井県は、十津川警部シリーズでたびたび舞台となっていた地域である。数々の事件の現場となっていたところ、と言ったほうがいいだろうか。そんなミステリーの捜査と重ね合わせて、金沢から敦賀にかけての旅の魅力をここで紹介してみたい。

また、今回の延伸区間には「温泉」の付いた駅がふたつもあるから、温泉好きの人はよりそそられるだろう。温泉好きの十津川警部（作者が？）だけに、彼やその部下たち、事件関係者が北陸地方の温泉を訪れている場面は多いのである。

まずは金沢駅だ。「加賀百万石」はあまりにも有名なキャッチフレーズである。加賀藩の城下町として栄えた金沢市は、風情《ふぜい》のある町並みや治部煮《じぶに》などの郷土料理、海産物、金箔《きんぱく》を使った金沢箔や加賀友禅《かがゆうぜん》、あるいは金沢漆器といったさまざまな伝統工芸産業と、旅の目的地としてはじつに魅力的な都市だ。

金沢の観光名所といえば、加賀藩の歴代藩主が造営した兼六園《けんろくえん》をまず思い浮かべる人は多いだろう。水戸の偕楽園《かいらくえん》、岡山の後楽園《こうらくえん》とともに日本三名園と言われている。四季折々で姿を変える絶景が楽しめるはずだ。訪れてみると意外にコンパクトだったが、たしかに日本庭園としての風情は申し分なく、外国人観光客に人気があるのは頷ける。

兼六園の中心にある霞ケ池《かすみがいけ》に出る。

そこには、絵ハガキに必ず写る徽軫《ことじ》灯籠がある。

二本の足を、ふん張った形のこの石灯籠は、兼六園のシンボルで、観光客も、ここで、記念写真を撮りたいらしく、傍の石橋のところには、小さな行列が出来ていた。

だが、ここには千沙の姿は、なかった。

更に、坂をあがると、日本最古といわれるサイフォン式の噴水が見える。加賀藩の十三代城主の斉泰《なりやす》が、考案したといわれるものだった。

——『十津川警部　金沢歴史の殺人』

『十津川警部　金沢歴史の殺人』は、もちろん事件に絡んでいるものではあるにしても、金沢の魅力をたっぷり織り込んでいる長編だ。

警視庁捜査一課十津川班の西本《にしもと》刑事は、金沢に住むメル友でカメラマンの酒井《さかい》

〈西村京太郎ミステリーと歩く金沢〉マップ

和漢洋の3つの建築様式からなる「神門」は国の重要文化財に指定されている。

情緒溢れる町並みは、国の重要伝統的建造物群保存地区に選定されている。

四季折々の美しさを堪能できる日本三名園のひとつ。

芸妓が活躍する金沢三茶屋街のひとつ。出格子が美しい茶屋建築が軒を並べる。

千沙《ちさ》が上京してきたので、仕事の交渉などに同行した。ところが彼女が失踪《しっそう》してしまう。西本は十津川警部の許可を得て金沢へと向った。千沙の姉が経営している喫茶店のある香林坊《こうりんぼう》、兼六園、犀《さい》川、長町武家屋敷《ながまちぶけやしき》、寺町《てらまち》、ひがし茶屋街、にし茶屋街と、千沙の姿を求めて金沢市内を巡っている。

香林坊は金沢市を代表する繁華街だ。比叡山《ひえいざん》の僧であった香林坊が還俗《げんぞく》して、天正八（一五八〇）年、この地の薬種商の向田《むこうだ》家の婿養子となり目薬の製造販売に成功し、「香林坊家」として繁栄したという。さまざまなショップがある賑やかな地域だが、金沢21世紀美術館もお薦めである。

犀川からは金沢市内を流れる数々の用水が取水しており、市民の水資源として今も重要な役割を果たしているという。その近くにある長町武家屋敷は加賀藩時代の上流・中流階級藩士の侍屋敷からなる町並みである。土塀と石畳の路地が続き、藩政時代の情緒ある雰囲気が今もたっぷりだ。

犀川大橋を渡ると寺町である。金沢は、金沢城を中心にして東に浅野《あさの》川、西に犀川があり、城を守る外堀になっていて、その川の外側に寺院群が置かれている。金沢城を守るためだったそうだが、犀川の外側にあるのが寺町寺院群だ。忍者寺として有名な妙立寺《みょうりゅうじ》や国指定天然記念物の大桜がある松月寺《しょうげつじ》など、歴史と物語を伝える寺社が軒を連ねている。

ひがし茶屋街や、にし茶屋街は江戸時代のお茶屋が当時のまま残っている。日暮れ時には軒灯《けんとう》が灯り、どこからともなく三味線《しゃみせん》の音が聞こえたりしてじつに風情がある。兼六園に隣接する金沢城址《じょうし》など、随所に日本らしい歴史を感じることができるのが金沢だが、『金沢加賀殺意の旅』でテーマとなっている加賀友禅も日本らしい文化だ。

カメラマンの湯浅《ゆあさ》はかつて、古都にふさわしい加賀友禅の似合う女性を求めて、加賀友禅を扱っている呉服店に飛び込んだ。そして店の娘の深雪《みゆき》をモデルにして写真を撮ったのだが、その深雪から助けてほしいと手紙が届き、湯浅は金沢に向う。加賀友禅は京都で友禅染を手がけ、金沢で晩年を過ごした宮崎友禅斎《みやざきゆうぜんさい》の指導によって発展した。亀井《かめい》刑事もこの長編で加賀友禅の魅力に触れている。

『十津川警部　金沢・絢爛《けんらん》たる殺人』は東京のビルの屋上で発見された能衣装の死体が発端だ。金沢市の指定文化財となっている能の流派に加賀宝生《ほうしょう》流がある。被害者は来日中のとある国の大統領に能を見せようとしたのではないか。そう考えた十津川警部は亀井刑事とともに金沢へ向う。金沢には石川県立能楽堂があり、能、狂言、仕舞《しまい》が演じられている。これも古都ならではの趣だ。

室生《むろう》犀星《さいせい》や泉鏡花《いずみきょうか》など文学的にも見所は多いのだが、やはりどうしてもそそられるのはグルメである。金沢市民の台所と言われる近江町《おうみちょう》市場には、旬の魚介類が所狭しと並んでいる。飲食店も多いが、金沢おでんは食べ逃したくない。『特急「白山」六時間〇二分』での香林坊の豆腐懐石も美味しそうだ。

『寝台特急「北陸」殺人事件』も金沢の人気観光地が勢揃いだ。失踪した親友の行方を追って金沢を訪れたのは理沙《りさ》である。犀川、武家屋敷跡、兼六園、金沢城、尾山《おやま》神社、片町《かたまち》商店街、松尾芭蕉《まつおばしょう》の句碑、室生犀星所縁の雨宝院《うほういん》と観光名所を巡っている。そして金沢からさらに西へ、今回の延伸区間の周辺へと物語は展開していくのだが、その前にいったん視線を金沢の北へ向けてみよう。

日本海に突き出ている烏帽子《えぼし》の形のような能登《のと》半島である。海岸線の絶景に河豚《ふ》《ぐ》や牡蠣《かき》といった海産物が誘っているが、やっぱりここでも温泉だ。七尾《ななお》湾に面した和倉《わくら》温泉である。白鷺《しらさぎ》によって発見されたという、開湯から千二百年の名湯だ。

『能登半島殺人事件』ではなんと十津川警部の妻の直子《なおこ》が誘拐されている。その妻の行方を追って亀井刑事とともに和倉温泉を必死に駆け回る十津川警部だった。そして能登島大橋を渡った能登島で……。「北の空に殺意が走る」や「能登八キロの罠」といった短編でも和倉温泉が舞台となっている。

北能登の地図を見ていると東側の海岸で、恋路《こいじ》海岸という地名が目に入る。西村氏は悲恋伝説が伝えられているこの海岸と、最寄り駅となる恋路駅のロマンチックな響きに惹かれたようだ。やっと休暇の取れた十津川班の日下《くさか》刑事がその駅を訪れているのは『北能登殺人事件』である。そして列車の中で見かけた寂しすぎる顔をしていた女性と出会うのだった。その女性が恋路海岸で撃たれた！

『のと恋路号』殺意の旅』では恋人が突然自殺してしまった女性が恋路駅で降りている。無人駅の駅舎には「思い出日記」と題された大学ノートが置かれ、下車客のさまざまな思いが綴《つづ》られていた。

わたしも行ってみたいと思う人は少なからずいるだろうが、残念ながら二〇〇五年四月一日、のと鉄道能登線の廃止に伴い廃駅となってしまった。ただ、恋路駅から宗玄《そうげん》トンネルまでの約三百メートルのかつての鉄路を活かした、自分の足で漕《こ》ぐ「奥のとトロッコ鉄道」を今は楽しめる。営業期間や営業時間は確認が必要だ。

『北能登殺人事件』の日下は恋路海岸の次に日本海側の輪島《わじま》へと向う。重要無形文化財の指定を受けている漆器の輪島塗が有名だが、観光となれば朝市は外せない。日下も足を運んでいる。

海岸に近い一角に、朝市通りがある。海に近いので、潮の香が漂ってくる。道の両側に、ずらりと露店が並んでいる。

さすがに魚介類を売っている店が多いが、その他に野菜を売る店があり、漆器を並べる店があり、中には東京では見ることのなくなったワラジを売っている店もある。

店番をしているのは、ほとんど潮焼けした顔の逞《たくま》しいおばさん連中だった。その訛《なま》りのある声が、賑やかに飛びかっている。

『奥能登に吹く殺意の風』で十津川班の北条早苗《ほうじょうさなえ》刑事は、仕事に自信をなくし、休暇を取って能登を訪れていた。そして輪島の海辺の旅館に泊まって、能登の厳しい自然に接している。

その輪島に輪島キリコ会館というちょっと変わったネーミングの会館がある。大きい奉燈《ほうとう》を練り回すキリコ祭りは、能登ならではの祭礼で、七月から十月にかけて各地で行われる。その会館に行けば祭りの雰囲気を味わうことができるはずだ。『能登・キリコの唄』では様々なキリコが紹介されていた。

観光名所と言っていいのかどうか分からないが、UFOで町おこしをしているのが羽咋《はくい》だ。なんでも平安時代から空を飛ぶ謎の物体が目撃されているとか。そして近くの押水《おしみず》にはあのモーゼの墓があるのだ。天の浮舟に乗って日本に来たとのことだが、『十津川警部　愛と死の伝説』はそんなミステリアスな能登から物語が始まっている。

能登半島は関西方面からのユニークな列車がかつて走っていて、列車内で事件がよく起こっていた。すでに廃止となったものが多いのは残念だが、最近人気なのは金沢駅と和倉温泉駅を結ぶ七尾線の観光列車の「花嫁のれん」だ。「花嫁のれん」というのは旧加賀藩一帯に昔から伝わる嫁入り道具である。加賀友禅で掲げられたそののれんをくぐって嫁入りするのだ。スイーツセットやほろよいセットが用意されているその列車で、花嫁衣装を着た謎の女性が出没しているのは『能登花嫁列車殺人事件』である。最近各地で観光列車が走っているが、「花嫁のれん」もなんとかスケジュールを調整して乗ってみたい列車だ。

能登半島は十津川シリーズのなかでもとりわけ事件の起こっている地域なのだが、さて、いよいよ延伸区間へと旅立とう。

金沢駅の次は小松駅だ。新幹線の駅舎は霊峰白山《はくさん》の山並みをイメージしているとのことだが、小松空港へのアクセス駅として利用する人が多いだろう。スピードという点では、いくら新幹線でも空路には敵わない。ましてや事件の捜査となれば、のんびりしてはいられないのだ。北陸新幹線が金沢駅まで延伸される前は、十津川警部たちが小松空港に降り立つ場面がよくあった。もっとも小松空港内で事件は起きていないけれど。

次は加賀温泉駅だ。日本が温泉大国であり、日本人が温泉好きであることはだれも否定しないだろう。全国を舞台としてきた西村作品にも、当然ながら温泉での事件は多いが、とくによく登場するのが、北陸随一の温泉郷と言われる加賀温泉郷だ。

粟津《あわづ》温泉、片山津《かたやまづ》温泉、山代《やましろ》温泉、山中《やまなか》温泉の四つの湯からなる。最古の粟津温泉は、養老二（七一八）年、泰澄《たいちょう》大師によって発見されたと伝えられている。片山津温泉は柴山潟《しばやまがた》という湖に面し、その幻想的な風景が人気だ。山代温泉には北大路魯山人《きたおおじろさんじん》や与謝野晶子《よさのあきこ》ら文化人にまつわるエピソードが伝えられている。山中温泉は鶴仙渓《かくせんけい》という景勝地にあり、松尾芭蕉が扶桑三名湯と称えた。

十津川警部も捜査のために何度か加賀温泉郷を訪れている。

犯人が、片山津にいることは間違いないという思いは、まだゆらいでいない。

ただ、接触していないか、接触の仕方が間違っているのだろうと思う。

朝食をすませると、十津川は、ホテルを出て、もう一度、片山津の町を歩いてみた。もちろんカメラを持ってである。

まず、柴山潟に出て、湖岸を歩き、ときどきカメラのシャッターを切った。

この美しい湖が、事件の原因になっているとは思わなかったが、小泉も浅井も、柴山潟を撮っているからだった。

もう、湖面に吹いてくる風も暖かい。

――「加賀温泉郷の殺人遊戯」

「加賀温泉郷の殺人遊戯」では片山津温泉で不審な死がつづいていた。やはり片山津温泉でカメラマンや旅館の美人女将《おかみ》が射殺される『金沢加賀殺意の旅』や山中温泉で製薬会社の社員が刺殺される「北陸の海に消えた女」と、加賀温泉郷ではたびたび事件が起こっている。捜査のなかで十津川らが温泉を次々と巡っている場面も珍しくない。『奥能登に吹く殺意の風』や『「のと恋路号」殺意の旅』の

〈北陸新幹線（金沢～敦賀）延伸区間〉マップ

館内には展望台や
地元の食材を扱う土
産物店がある。近隣
の航空プラザは地元
でも親しまれている航
空機博物館。

栗津温泉・片山津温泉・
山代温泉・山中温泉から
なる温泉地（写真は山代
温泉 古総湯）。

越前岬
「日本の夕陽百選」に選ばれる越前海岸随一の景勝地。
東尋坊
「柱状節理世界三大絶勝」のひとつで、国の天然記念物でもある名所。
鯖街道
主に魚介類の物流ルートとして小浜藩周辺と京都を結ぶ街道。
小浜
越前たけふ
福井
芦原温泉
加賀温泉
小松
金沢
敦賀
一乗谷遺跡
福井県立恐竜博物館
永平寺
1244年に開創された禅の修行道場。敷地内には70棟もの建物が並ぶ。
京都
大阪

ように、能登から事件の展開によって加賀温泉郷へと舞台を移す作品も少なくないのだ。西村氏がいかにこの温泉地を好んでいたかが窺い知れる。

さらに西に進んで福井県に入ると、まず芦原温泉駅だ。あわら温泉とも表記されるようだが、二〇二三年に開湯百四十周年を迎えた。明治十六（一八八三）年、田んぼに掘った井戸から温泉が湧いたそうである。七十四もの源泉があっていろいろな泉質を楽しめるとのことだ。

『寝台特急「北陸」殺人事件』や『怒りの北陸本線』は北陸の温泉が連鎖しての事件で、そこに芦原温泉も絡んでいた。「十津川警部の抵抗」にはかつて十津川警部の部下だった私立探偵の橋本《はしもと》が登場するが、小松空港から芦原温泉までタクシーに乗っている。そして温泉のホテルの一室で死体を発見するのだった。

芦原温泉駅から、あるいは次の福井駅から日本海方面へ向った三国《みくに》に、北陸地方屈指の人気観光地の東尋坊《とうじんぼう》がある。世界に三例しかなく、国の天然記念物に指定されている巨大な輝石安山岩を、日本海の荒波が景勝地に作り上げたところだ。絶壁から下の海岸を望むと恐怖感に足がすくむに違いない。ライオン岩やろうそく岩といった面白い形の岩は、たしかに自然の驚異を感じさせてくれる。

『十津川警部北陸を走る』では東京台東区の広報課長の水死体が東尋坊で発見さ

れている。最初は無理心中かと思われたが、二年前の未解決事件が絡んで十津川警部の登場となる。『スーパー雷鳥殺人事件』では、東尋坊で死ぬつもりで旅立った商社マンが特急内で毒死を目撃していた。

「恐怖の海　東尋坊」は日下刑事が大学時代に憧れていた女性から助けを求められた事件である。留守番電話に、東尋坊で殺されるというメッセージが吹き込まれていたのだ。十津川警部が心配して休暇を取らせた。日下は冬の東尋坊へと旅立つ。東京のサラリーマンの死体が東尋坊で発見されたのは『十津川警部　さらば越前海岸』だ。遺書らしき書き置きが芦原温泉の宿で発見され、自殺と判断されたのだが……。

福井駅からはちょっと別の鉄路に乗り換えてみたい。えちぜん鉄道勝山永平寺《かつやまえいへいじ》線で二十五分ほど行くと永平寺のもより駅、永平寺口駅だ。鎌倉時代から続く曹《そう》洞宗《とうしゅう》の大本山で、日本最高峰の禅道場とのことだが、「越前殺意の岬」の冒頭では若い女性が永平寺の若い僧に、「ある人を殺したいと思っているのです」と相談を持ちかけていた。えちぜん鉄道勝山永平寺線の勝山駅で降りてバスで十五分のところには、いま話題の福井県立恐竜博物館がある。

福井駅から越美北線《えつみほくせん》に乗って一乗谷《いちじょうだに》駅で降りると、戦国時代の城下町の遺跡がある。越前を支配した朝倉《あさくら》氏の本拠地だ。織田信長《おだのぶなが》によって焼き払われてしまったが、復原作業が進められてきた。かつての暮らしぶりをリアルに楽しめるような工夫がそこかしこにある。『特急街道の殺人』は朝倉氏にまつわる詐欺未遂事件だった。

石川県加賀市から福井県敦賀市に至る海岸線を中心に越前加賀海岸国定公園が指定されている。東尋坊とともに人気観光地となっているのは越前町の越前海岸だ。ダイナミックな海岸線や越前がになどのグルメが旅心をそそっている。越前町は越前がにの水揚げ量が県内随一とのことで、海岸に越前がにミュージアムが設けられている。「越前殺意の岬」ではその海岸沿いにある越前最古だという玉《たま》川《がわ》温泉に、謎めいた女性が泊まっていた。

越前海岸に一番近い北陸新幹線の駅は越前たけふ駅だ。駅舎は越前町に飛来するコウノトリをイメージしている。その駅まで、今回の延伸区間を中編ながら網羅しているのは、十津川警部と亀井刑事が容疑者を追って北陸へと飛ぶ「十津川警部の標的」である。小松空港、加賀温泉郷、芦原温泉、越前海岸の越前岬と、じつに舞台の多彩な作品だ。

西村氏は一番好きな列車はと問われて、たいてい特急「雷鳥」と答えていた。

『怒りの北陸本線』や「『雷鳥九号』殺人事件」などに登場している「雷鳥」が、北陸本線の大阪・富山間を走り出したのは、東京オリンピックが開催され、東海道新幹線が開通した、一九六四年の年末だった。その名が、北アルプスや南アルプスの高山地帯に棲息《せいそく》し、長野県、岐阜県、富山県の県鳥となっている、特別天然記念物の鳥に由来するのは言うまでもない。最初は一日一往復だった「雷鳥」が、ダイヤ改正でどんどん運行本数を増やしていったのは、北陸への旅の利便性が支持されたのだろう。

その「雷鳥」など、西村氏の鉄道トラベルミステリーでは関西方面から北陸へ向う列車の車内が事件の鍵を握ることが多かった。だから今回の延伸区間の終着駅である敦賀駅は、途中駅としてよく登場していた。『スーパー雷鳥殺人事件』、『寝台特急「日本海」殺人事件』、『特急「白鳥」十四時間』、『消えたトワイライトエクスプレス』といった長編や、短編の「特急しらさぎ殺人事件」などである。これは幸いと言ったほうがいいのだろうが、敦賀駅の近辺で事件は起きていない。

その敦賀駅から小浜《おばま》線に乗れば小京都と称される小浜がある。いわゆる鯖街道の起点だ。お水送りという行事が取り上げられていた『十津川警部「故郷」』など、十津川警部シリーズのいくつかで舞台となっている。敦賀から先の北陸新幹線のルートはまだ正式には決定されていないようだが、小浜を通るルートが最有力である。いつか小浜へ新幹線で行ける日が来るかもしれない。

「『雷鳥九号』殺人事件」では、関西方面から北陸へ向う特急が福井駅に着こうかというとき、死体が車内で発見されている。その短編はこんな書き出しだった。


ひとり旅なら北陸路、という歌の文句がある。

北海道でも、九州でもいいわけだが、なぜか、北陸には、ひとり旅が似合っている。

北陸という風土のせいだろうか。冬の鉛色の空と、荒れる日本海、吹きつける北風、そんなものが、人々に、ひとり旅の孤独を思い起こさせるのかもしれない。

北陸の春は、美しいし、夏の日本海は、海水浴客で賑やかなはずなのだが、北陸というとき、なぜか、冬の海が思い出されて仕方がない。

たしかに北陸を舞台にした十津川警部シリーズは寒い季節に起こった事件が多い。寒いのはいやだ！　そう思う人はいるかもしれないが、越前がになど北陸地方のグルメのナンバーワンと言っていいズワイガニの漁期は、だいたい十一月から翌年三月までなのである。旬のカニを堪能したいのならば、寒い季節に行くしかないのだ。

もちろん春夏秋冬それぞれの季節で、北陸地方は旅心をそそっている。北陸新幹線の金沢駅までの延伸に際して、西村京太郎氏は「北國文華」に「揺れないことに安堵と感動」と題したエッセイを寄稿した。夜行列車を保存してほしいと締めくくっていたのは西村氏らしいが、新幹線の旅の快適さをそこで語っている。残念ながら十津川警部が新幹線で敦賀駅まで旅することは叶わなくなってしまったけれど、遺された数多くの作品で北陸の旅を堪能できるのは間違いない。

＊＊＊

「令和6年能登半島地震」で被災された皆様に心からお見舞い申し上げます。数多くの十津川警部シリーズで舞台となった地の、いち早い復興を願っています。

二〇一六年一月　ジョイ・ノベルス（小社）刊
二〇一八年六月　実業之日本社文庫刊
新装版化にあたり、解説を加筆・修正し、
「北陸新幹線と西村京太郎ミステリー」を新規収録しました。

本作品はフィクションであり、実在の個人および団体とは、
一切関係ありません。

実業之日本社文庫　最新刊

荒崎一海
霖雨蕭蕭　闇を斬る　五

重苦しくけぶる秋雨のような「闇」と戦い続ける剣士鷹森真九郎。立て続けの辻斬りで殺された町人たちの袂に、なぜか彼の名の書付が――長編時代小説第五弾。

あ28 5

泉ゆたか
京の恋だより　眠り医者ぐっすり庵

江戸で、旅の宿で、京で、眠りのお悩み解決します！お茶のもてなしの心を学ぶため修業の旅に出たお藍が宇治で出会った若き医者との恋の行方は……？

い17 4

櫻井千姫
私が推しを殺すまで

ある人気男性アイドルに妄信的な愛を注ぐ女子高生。クラスメイトの男子と共謀し、二人はなぜ「推し」の命を狙ったのか。衝撃の青春クライム・ノベル爆誕!!

さ10 3

知念実希人
羅針盤の殺意　天久鷹央の推理カルテ

「頼んだよ……鷹央君」天久鷹央の医学の師、御子神氷魚が死亡した。死の直前、彼女は不思議な言葉を遺しており……。師弟の絆を描く、完全新作短編集！

ち1 107

知念実希人
火焔の凶器　天久鷹央の事件カルテ　完全版

安倍晴明と同時代の陰陽師、蘆屋一族の墓を調べた研究者が不審な焼死を遂げた。これは呪いか、殺人か……。書き下ろし掌編「新しい相棒」収録の完全版！

ち1 204

実業之日本社文庫　最新刊

知念実希人
神秘のセラピスト　天久鷹央の推理カルテ　完全版
左手の聖痕であらゆる病を治すと豪語する「預言者」。鷹央はその「神秘」に潜む真実を明らかにできるのか。書き下ろし掌編「詐欺師と小鳥」収録の完全版！
ち1 105

西村京太郎
十津川警部　北陸新幹線殺人事件　新装版
北陸路を震撼させた事件と戦争の意外なつながりとは!? 山前譲氏による北陸新幹線延伸記念特別企画「北陸新幹線と西村京太郎ミステリー」が加わった新装版！
に1 30

日野 草
殺し屋の約束
戦後の混乱期から現在を経て未来まで。百年のあいだ「約束」を受け継いだ殺し屋たちの願いとは――？　まったく新しい殺し屋ミステリー誕生！　解説／大矢博子
ひ7 1

南 英男
策略者　捜査前線
おまえを殺った奴は、おれが必ず取っ捕まえる！　歌舞伎町スナック店長殺しの裏に謎の女が―？　亡き親友に誓う弔い捜査！　警察ハード・サスペンス！
み7 33

彼女。
百合小説アンソロジー　相沢沙呼　青崎有吾　乾くるみ　織守きょうや　斜線堂有紀　武田綾乃　円居挽
百合ってなんだろう。彼女と私、至極の関係性を描いた珠玉の七編とそれを彩る七つのイラスト。傑作アンソロジー待望の文庫化！　〝観測者〟は、あなた。
ん10 1

実業之日本社文庫　に1 30

十津川《とつがわ》警部《けいぶ》　北陸《ほくりく》新幹線《しんかんせん》殺人《さつじん》事件《じけん》　新装版《しんそうばん》

2024年2月15日　初版第1刷発行

著　者　西村京太郎《にしむらきょうたろう》

発行者　岩野裕一
発行所　株式会社実業之日本社
〒107-0062　東京都港区南青山6-6-22 emergence 2
電話［編集］03(6809)0473［販売］03(6809)0495
ホームページ　https://www.j-n.co.jp/
ＤＴＰ　ラッシュ
印刷所　大日本印刷株式会社
製本所　大日本印刷株式会社

フォーマットデザイン　鈴木正道（Suzuki Design）

ISBN978-4-408-55868-4（第二文芸）